Omar
Rivabella

Susana

Requiem
für die Seele
ei

Zu diesem Buch

Die durch Langeweile und Isolation entstandene Ruhe eines argentinischen Geistlichen findet ihr Ende, als ihm nach der Messe eine Fremde eine Schachtel übergibt: das Vermächtnis einer gewissen Susana. Er findet ein Häufchen winziger Notizzettel – das Tagebuch, das Susana heimlich in einem politischen Gefängnis geschrieben hat. Während Pater Antonio die Zettel liest und ordnet, macht er eine bestürzende Erfahrung: Er, der sich von der Kanzel aus gegen die Diktatur ausspricht, die Offiziere seiner Pfarrei herausfordert und mit den Opfern der Repression zusammenarbeitet, entdeckt, daß auch er für Susanas Folterung verantwortlich ist.

Der Autor

Omar Rivabella, argentinischer Schriftsteller und Journalist, hat sich in Essays und Artikeln immer wieder für die Menschenrechte eingesetzt. Er lebt zur Zeit in Miami, USA.

Omar
Rivabella

Susana

Requiem für die Seele einer Frau

Aus dem Amerikanischen von
Thomas Marti

Unionsverlag
Zürich

Die amerikanische Originalausgabe erschien 1986
unter dem Titel *Requiem for a Woman's Soul*
im Verlag Random House, Inc., New York.
Das Manuskript wurde von Paul Rivera und Omar Rivabella aus dem
Spanischen ins Englische übertragen.

Unionsverlag Taschenbuch 24
Diese Ausgabe erscheint mit freundlicher Genehmigung
des Verlags Im Waldgut, Frauenfeld

Rieterstraße 18, CH-8059 Zürich
Telefon (0041) 01-281 14 00

Umschlaggestaltung: Heinz Unternährer, Zürich
Druck und Bindung: Clausen und Bosse, Leck
ISBN 3-293-20024-9

1 2 3 4 5 - 95 94 93 92

I

Ich hatte sie in der Siebenuhr-Morgenmesse gesehen. Sie saß allein in der hintersten Bankreihe und hielt eine große Kartonschachtel auf den Knien. Ihr Gesicht war kaum zu sehen.

Als ich die Kanzel bestiegen und dabei mehr aus Gewohnheit als aus Neugierde einen Blick auf die Anzahl der erschienenen Gläubigen geworfen hatte, war mir zuerst diese Schachtel aufgefallen.

Verbissen hielt die Frau den Karton fest; dabei ließ sie mich nicht aus den Augen. Sie erweckte den Eindruck, ein neugeborenes Kind festzuhalten.

Die Frau mit der Kartonschachtel beschäftigte mich während der ganzen Messe. Als ich betete, blinzelte ich verstohlen nach ihr, um herauszufinden, wer sie sein könnte. Es waren nun sechs Monate, seit ich mich der Gläubigen dieses kleinen Ortes, mit weniger als tausend Einwohnern, angenommen hatte – in dieser Zeit lernte ich sie fast alle kennen. Aber diese Frau hatte ich noch nie gesehen, weder in der Kirche noch auf der Straße. Plötzlich war ich sicher, daß sich an diesem Morgen Geheimnisvolles und Merkwürdiges ereignen würde.

Als die Messe zu Ende war und die Gläubigen langsam die Kirche verließen, warteten einige bei der Kanzel auf mich, um private Angelegenheiten zu besprechen. Sie wunderten sich, daß ich auf der zweituntersten Stufe stehenblieb. Doch meine ganze Aufmerksamkeit galt der Schachtel und der Frau. Sie starrte trotz des Gemurmels und der neugierigen Blicke der vorbeigehenden Kirchgänger teilnahmslos gradeaus.

Ihre Einsamkeit inmitten der sich leerenden Bänke und

ihr blasses Gesicht verliehen ihr einen Anflug von Heiligkeit.

Nun war die Kirche leer.

Als ob sie sichergehen wollte, daß niemand mehr zurückkomme, blieb die Frau ein paar Minuten sitzen. Dann stellte sie den Karton auf die Bank nebenan. Als sie auf mich zukam, fiel mir ihr starkes Hinken auf.

«Wer sind Sie?» fragte ich.

Sie antwortete nicht.

«Kann ich Ihnen helfen?»

Sie kam auf mich zu, ihre Augen fixierten meine Lippen.

«Geht es Ihnen gut? Wer sind Sie?» stammelte ich. Als sie näherkam, stellte ich fest, daß sie mich schlecht verstehen konnte.

«Ich heiße Luisa, Pater. Ich bin seit mehr als sechs Monaten taub.» Ihre verzweifelte Stimme weckte Mitleid in mir.

«Womit kann ich Ihnen helfen?» wiederholte ich. Ich sprach langsam und bewegte meine Lippen deutlich. Vorsichtig las sie von meinen Lippen und hielt inne.

Sie zeigte auf die Schachtel und sagte: «Dies ist von Susana».

Dann drehte sie sich um und ging auf die Tür zu.

«Wer ist Susana?» rief ich, als sie aus der Kirche hinkte. Sie reagierte nicht.

«Wer ist Susana?» rief ich nochmals. Ich vergaß, daß sie nichts hörte.

Draußen vor der Kirche lief ein Motor. Als ich auf die Straße rannte, wurde ich von der Staubwolke eines Kleinwagens eingehüllt, der sich eilig davonmachte.

In die Kirche zurückgekehrt, begab ich mich zur Bank,

auf der die Schachtel stand. Ich starrte sie an, unschlüssig, was ich nun tun sollte.

Vorsichtig näherte ich mich dem Karton. Langsam schob ich meine Finger darunter und hob ihn auf. Doch überschätzte ich sein Gewicht und stolperte. Nervös kicherte ich über meine Unbeholfenheit.

Ich trug die Schachtel ins Pfarrhaus in mein Zimmer. Der Deckel war mit breiten Klebebändern gut verschlossen. Als ich ihn öffnen konnte, überfiel mich der starke Gestank einer Mischung aus Urin und menschlichem Kot. Der Inhalt schien mit unzähligen Papierknäueln zugedeckt.

Ich wandte mich ab und war überzeugt, daß mir jemand einen bösen Streich gespielt hatte. Ich bekam es mit der Angst zu tun und fühlte mich bedroht. Bischof Antonelli hatte mich vor meiner Versetzung in die Kirche dieser verlassenen Gemeinde darauf aufmerksam gemacht, daß mein Leben trotz aller Vorkehrungen bedroht sein könnte. Während der zehn Jahre, in denen ich in der Hauptstadt der ‹Inmaculada Concepción› unter Bischof Antonelli zugeteilt war, hatte ich an der ungerechten Behandlung der Armen durch die Regierung deutliche Kritik geübt. Ich war Sozialarbeiter. Wie einige andere Priester war auch ich der Meinung, daß die Kirche militant sein müßte. Ein Teil meiner Bewunderung für Bischof Antonelli gründete sich auf die Tatsache, daß er unter den hohen Würdenträgern einer der wenigen war, die davon überzeugt waren, daß unsere politische Unterwürfigkeit im Gegensatz zu unserem Glauben steht. Immer wieder ermutigte er uns durch sein eigenes Beispiel, und oft nahm er «freimütige» Priester auf, um sie zu beschützen.

Juanita, meine Haushälterin, hatte für die wenigen Mahlzeiten, die ich in der Pfarrei einnehmen konnte, eine behelfsmäßige Küche eingerichtet. Dort durchstöberte ich alle Schränke nach den Gummihandschuhen, die sie zum Schrubben des Fußbodens trug.

Ins Zimmer zurückgekehrt, öffnete ich das Fenster, damit die kühle Nachtluft die starken Gerüche aus der Schachtel fortwehen konnte.

Verärgert verschloß ich den Karton und schubste ihn in eine Ecke. Ich nahm mir vor, ihn am nächsten Morgen wegzuwerfen.

Als ich am andern Morgen aus der Messe zurückkehrte, hatte Juanita mein Zimmer geputzt, doch die Schachtel stand noch immer in der Ecke.

«Warum hast du den Müll nicht weggebracht?» warf ich ihr vor.

«Die Schachtel hat mir nicht nach Müll ausgesehen, Pater», antwortete sie in ihrer schelmischen Unschuldigkeit. Ihre Mischung aus Aufrichtigkeit und Übermut wirkte auf mich immer entwaffnend.

«Auf den Papierfetzen steht etwas geschrieben, Pater», fuhr sie fort.

«Geschrieben?»

«Ja, Pater.»

Ich entfaltete eines der Papierknäuel.

«Geh zurück in die Küche», sagte ich.

Als Juanita gegangen war, entfaltete ich ein zweites Knäuel. Das Gekritzel darauf war so klein, daß ich mich beim Lesen anstrengen mußte. Es schien sich dabei um drei Absätze aus einem Tagebuch zu handeln. Der erste war mit Datum versehen: «18. Januar».

Heute führten sie mich mit verbundenen Augen zum selben Ort. Die gedämpften Geräusche, die ich wahrnahm, als wir die Metalltreppe hochstiegen, verebbten wie eine Flut, als sie die Türe öffneten. Sobald wir eintraten, hörten sie abrupt auf.

«Ist diese Verrückte wieder da?», fragte dieselbe Stimme, die mich schon beim letzten Mal angeschrien hatte. «Du dreckige, aufrührerische Hure», schrie er, als er mir einen harten Gegenstand in den Anus stieß.

Ich bemühte mich, meine Ungeduld zu zügeln. Benommen entfaltete ich andere Papiere. Als ich sie las, wurde mir übel, und meine Hände begannen zu zittern. Ein unbezähmbarer Schmerz überkam mich, wie damals, vor zehn Jahren, als ich den Brief meiner Schwester las, in dem sie mir den Tod meiner Mutter mitteilte.

Eine Weile schritt ich im Zimmer auf und ab und versuchte, mich zu beruhigen. Dann ging ich zu Juanita in die Küche. Ich bat sie, Kaffee zu kochen und verwickelte sie in ein Geplauder, um mich zu zerstreuen.

Ins Zimmer zurückgekehrt, nahm ich mir einige der Papierstreifen vor und las sie. Eine halbe Stunde später hörte ich mit Lesen auf und verbrachte den Rest des Tages mit einem Spaziergang durch die schlammigen Straßen der Hüttensiedlung am Rande des Ortes. Doch das Gespenst, das mich verfolgte, ließ sich nicht abschütteln.

Dann, eines Nachts, nahm ich mir ein paar weitere der kleinen Knäuel vor, in der absurden Überzeugung, daß ich bereit war, das Selbstopfer zu erbringen, der Herausforderung ins Gesicht zu sehen und mich allem zu stellen – wohin die Aufzeichnungen mich auch führen mochten.

Von diesem Moment an legte ich sämtliche Arbeiten beiseite, um das Tagebuch einer unbekannten Frau zu entziffern und zu ordnen.

II

Während der nächsten Woche verließ ich mein Zimmer nur, um die Messe zu lesen. Meine Predigten waren schwach und wenig überzeugend. Beschämt eilte ich jeweils in meine Kammer zurück. Ich verbot Juanita, mein Zimmer zu betreten.

Sicher glaubte sie, daß ich verrückt sei. Das Zimmer glich einem Abfallberg. Fußboden und Nachttisch waren mit Papierschnipseln übersät. Einige hatte ich an die Schranktür und an die Wand geheftet. Andere, die ich gerade entzifferte, klammerte ich mit Wäscheklammern an einen Draht, den ich quer durchs Zimmer gezogen hatte. Bald fand ich heraus, daß die Länge des Drahtes mir ermöglichte, Tagebuchnotizen von fünf Tagen aufs Mal durchzusehen. Die Arbeit gestaltete sich nicht so verworren, wie ich auf den ersten Blick befürchtet hatte. Das Schwierigste dabei war, daß der Text oft unverständlich wurde, nachdem ich mehrere, vermeintlich zusammengehörende Eintragungen abgeschrieben hatte. So mußte ich unter den am Boden verstreuten Schnipseln immer einen ausfindig machen, der zum fraglichen Tag paßte. Unter anderen Umständen hätte ich vielleicht eine geeignete Methode gefunden, aber meine Angst trieb mich zur Eile. Das verworrene Puzzle stellte für mich eine unwiderstehliche, verführerische Herausforderung dar.

III

6. Januar

Etwa um vier Uhr morgens wurde an die Tür gepocht. Auf die Frage meines Vaters, wer da sei, gab sich eine autoritäre Stimme als Polizei zu erkennen. Mein Vater war Arzt, und es war schon vorgekommen, daß die Polizei ihn bat, sich schwer verwundeter «Fälle» anzunehmen. Deshalb öffnete er die Tür ohne zu zögern. Darauf stürmten sechs Männer in Kampfanzügen ins Wohnzimmer. Sie stießen alles um, was ihnen in den Weg kam. Mutter und ich kamen gerade rechtzeitig ins Wohnzimmer, um zusehen zu müssen, wie einer der Soldaten meinen Vater mit dem Gewehrkolben bewußtlos schlug. Zwei Männer stießen Mutter ins Schlafzimmer, die andern stürzten sich auf mich. Einer stülpte mir eine dicke Kapuze über den Kopf. Zwei andere hielten mich fest, da ich mich heftig wehrte. Heute, nachdem so viel geschehen ist, mag es unglaublich klingen, aber ich kann mich noch lebhaft an das Geräusch meines zerreißenden Leinennachthemdes erinnern und an die panische Angst, die mich in diesem verzweifelten Kampf befiel, als ich einen der Soldaten, der mir Handschellen anzulegen versuchte, in die Leistengegend schlug.

Sie zogen mich hoch und zerrten mich aus dem Haus. Dabei stolperte ich über den bewußtlosen Körper meines Vaters. Ich hörte, wie einer fragte:

«Was machen wir mit den alten Leutchen?»

«Der alte Herr wird eine Weile schlafen», meinte einer.

«Und die Alte?»

Jemand lachte. Ich wurde ohnmächtig.

Als ich wieder zu Bewußtsein kam, lag ich in einem

Fahrzeug. Ein Stiefelpaar drückte mich auf den Boden. Einer fragte:

«Sollen wirs tun?» Ein anderer sagte nein. Danach sprach keiner mehr ein Wort.

Ich konnte nur das Geräusch des Motors wahrnehmen und vermutete, daß wir eine Straße entlang fuhren. Aufgrund der vielen Kurven wurde mir bald klar, daß wir uns immer noch in der Stadt befanden. Darauf deutete auch die für die frühen Morgenstunden typische Ruhe.

Ich habe keine Ahnung, wie lange wir fuhren. Als ich schließlich aus dem Wagen gezerrt wurde, war es dunkel, denn durch meine Mütze drang kein Licht. Die Stiefel meiner Bewacher hallten durch einen Korridor, der zu einem offenen Platz führte. Dort merkte ich, daß ich mich in Gesellschaft anderer Leute befand. Wie lange wir dort im Freien festgehalten wurden, weiß ich nicht, aber ich glaube mich an helle und dunkle Perioden erinnern zu können. Ich wurde dort während drei oder vier Tagen festgehalten.

9. Januar?

Während dieser Tage im Freien waren meine Augen verbunden, und ich erhielt nur zweimal zu essen. Trotz meiner Bitten erlaubten sie mir nicht, auf die Toilette zu gehen. Den andern ging es ebenso. Nach zwei Tagen wurde der Gestank von Urin und Fäkalien unerträglich.

10. Januar?

Ich spürte die Stille der Dämmerung. Ich fühlte den Lufthauch einer offenen Hand an meiner linken Brust. Jemand hatte sich mir heimlich genähert. Auf einmal hoben mich zwei leise grinsende Männer in die Luft. Einer packte meine Beine, der andere hielt mich unter den Armen. Ich wurde durch denselben Korridor getragen wie vor einigen Tagen. Man warf mich in ein Fahrzeug, wahrscheinlich einen Jeep. Sie brachen zu einer neuen Reise auf.

Die drei Männer, die mit mir im hinteren Teil mitfuhren ekelten sich ob dem Gestank meines Körpers. Als Vergeltung dafür traten sie mich überall mit ihren Stiefeln.

Nach einer vielleicht einstündigen Fahrt auf holprigen Straßen schrie jemand in einiger Entfernung «Halt!» und der Jeep hielt an. Ich hörte, wie sich eine Barriere hob; wir fuhren weiter. Minuten später hielten wir wieder an. Meine drei Bewacher stiegen aus, zwei von ihnen zerrten mich aus dem Jeep und schleppten mich über einen Pfad mit feinen, spitzen Kieselsteinen.

«Hier kommt noch so ein aufrührerisches Schwein» sagte einer meiner Hüter und trat gegen meine Hüfte.

«Die sieht nach einem guten Fick aus», sagte einer.

«Sie stinkt höllisch.»

«Die Jungs werden sie baden.» Alle zusammen brachen in schallendes Gelächter aus.

Zwei Soldaten zogen mich auf die Füße und befummelten meine Brüste, während sie sich über meinen Gestank lustig machten. Sie stießen mich durch eine Tür, dann durch eine zweite, die Glasfenster zu haben schien. Fünfzig Schritte weiter hielten wir an. Ich hörte metallische Geräusche. Sie warfen mich auf ein Feldbett.

Meine linke Hand wurde ans Kopfende gefesselt.

Ich war allein. Mit meiner freien Hand versuchte ich, die Mütze zu entfernen. Doch die war am Nacken fest verschnürt. Bis jetzt hatte ich nur an die unmittelbare Gegenwart gedacht. Nun machte ich mir zum ersten Mal seit meiner Entführung Gedanken über meine Eltern, meinen Verlobten und über mich selbst.

Sie gaben mir nichts zu essen und zu trinken. Während dieser Nacht hörte ich die Geräusche von Leuten, die aus anderen Zellen geschleppt wurden. Aber das Bedrückendste für mich war, daß ich keine Stimmen hörte. Ich begann zu schluchzen.

12. Januar?

Sie führten mich zweimal zur Toilette und gaben mir einen wollenen Rock und eine blutverschmierte Bluse.

Auf einem der Ausflüge zur Toilette nahmen sie mir die Kappe ab. So konnte ich sehen, daß der Korridor beidseits Türen hatte, die der meinen gleich waren: eiserne Türen mit Gucklöchern, die nur von außen geöffnet werden konnten. Meine Zelle hatte ein kleines Fenster mit Eisenstäben und ein feines Gitter aus Maschendraht, durch das man auf einen Hinterhof sah.

13. Januar?

Heute öffneten sie meine Zelle und fragten nach meinem Namen. Ich war über meine eigene Stimme erstaunt. Abgesehen davon, daß sie unter der Mütze verzerrt klang, hatte ich mich ja nicht mehr sprechen gehört, seitdem ich gekidnappt worden war. Die wenigen Male, da ich zu sprechen versuchte, hatten sie mich mit Schlägen zum Schweigen gebracht.

Wenige Stunden später hörte ich, daß sie die Tür wieder öffneten. Diesmal wollten sie Namen *und* Adresse wissen. Drei- oder viermal während des Tages fragten sie nach meinem Namen. Mir waren diese menschlichen Stimmen, die nichts Schlimmes erahnen ließen, willkommen.

IV

Die Aufgabe wurde keineswegs leichter. Die Frau, die das bruchstückhafte Tagebuch geschrieben hatte (ich nehme an, daß sie die von der Frau in der Kirche erwähnte Susana ist) war bemerkenswert erfinderisch, aber die Tinte war feucht geworden, und große Abschnitte waren vollständig verwischt.

Um das Ganze noch schwieriger zu machen, waren die meisten Eintragungen in drei oder vier Stücken auf verschiedenfarbige Zettel verteilt.

Die Eintragungen für den 17. April zum Beispiel bestanden aus einer kurzen Notiz auf einem Streichholzbriefchen, einer längeren auf dem Rand einer Zeitungsseite, zwei Zeilen auf einem Stück Toilettenpapier und drei Eintragungen auf der Rückseite der Folie einer Zigarettenpackung.

Ich numerierte jeweils die verschiedenen Streifen eines Tages und hängte sie in der richtigen Reihenfolge an den quer durchs Zimmer gezogenen Draht.

In dieser Phase stellte ich fest, daß Susana mit ihren Notizen nicht streng chronologisch vorgegangen war und auch oft in einem einfachen Satz von der Vergangenheits- zur Gegenwartsform gewechselt hatte.

Angesichts der Umstände, unter denen dieses Tagebuch geschrieben wurde, entschloß ich mich, solche Unregelmäßigkeiten nicht zu korrigieren und das Dokument nicht zu verändern, da seine Glaubwürdigkeit darunter leiden würde. Denn ich bin sicher, daß dieses Tagebuch Gegenstand öffentlicher Auseinandersetzungen wird. So entschloß ich mich, während der Arbeit an dieser Aufgabe jede Empfindung, jede Gefühlsregung, all meine Erfah-

rungen aufzuzeichnen. Ich werde mein eigenes Tagebuch zum Tagebuch führen.

Während der zweiten Woche ohne Schlaf schrieb ich folgendes ab:

V

14. Januar

Ich schätze, es war am frühen Abend, als ich hörte, wie die Zellentüren geöffnet und die Gefangenen durch den Korridor geschleift wurden. Ich hielt meinen Atem an, weil ich befürchtete, meine eigene Tür würde als nächste geöffnet.

Ich hörte, wie ein Schlüssel ins Schloß geschoben wurde. Ich machte meinen Rock naß. Sie entfernten die Handschellen von meinen Füßen und banden mich vom Bett los. Sobald ich auf den Füßen stand, fesselten sie meine Hände hinter dem Rücken mit Handschellen.

«Ins Operationszimmer!» hörte ich jemand schreien. Sie begannen, mich den Korridor hinunter zu schieben. Die Kieselsteine stachen in meine nackten Füße. Jemand drückte meinen Kopf hinunter, um zu verhindern, daß ich mich an der Tür des Fahrzeugs, in dem ich transportiert werden sollte, bewußtlos schlug. Sie warfen mich vor dem Hintersitz des Wagens auf den Boden, und die Soldaten, die saßen, stellten ihre Stiefel auf meinen Körper.

Sie fuhren länger als eine Stunde.

Schließlich hielten wir. Ich hörte das Geräusch eines Funkgeräts. Einer der Soldaten auf dem Vordersitz sagte etwas wie «Spinne». Sekunden später hörte ich, wie sich schwere Eisentore ächzend öffneten. Sie fuhren ein wenig weiter und kamen zum Stehen. Ich wurde hinausgezerrt. Ich taumelte über eine längere Distanz und mußte dann eine stählerne Treppe hochsteigen. Sie führten mich in einen Raum, wo ich Gläser klirren hörte (ob hier Leute tranken?), und ich merkte, daß mehrere Personen anwesend waren. Ich fühlte, wie mich Augen fixierten, dann sagte einer von den Männern, die mich hergebracht hatten: «Viel Vergnügen, Jungs».

Ich wurde durch einen engen Flur in ein Zimmer gebracht. Meine Handschellen wurden abgenommen. Sie zogen mich aus, befingerten mich überall und nahmen dann meine Kappe ab.

Im Raum standen ein Tisch, ein Radio und ein Spotlicht.

Von der Decke hingen Seile, an deren Enden Fleischerhaken befestigt waren. Zwei an Händen und Füßen gefesselte Frauen lagen nackt auf schmutzigen, blutverschmierten Metallbettrahmen.

In der Kammer befanden sich drei Männer. Einen unter ihnen hätte man auf Grund seines netten Aussehens und des Benehmens gut für einen hingebungsvollen Lehrer halten können. Die zwei andern glichen Charakteren aus einem drittklassigen Gangster- und Drogenfilm. Sie sprachen sich gegenseitig mit Spitznahmen an. Der eine, «Nariz» genannt, hatte das klassische Aussehen eines Boxers; der andere, «El Rengo», war klein. Beim Gehen zog er ein lahmes Bein hinter sich her. Seine kleinen Augen und der boshafte Blick wirkten abstoßend auf mich.

Nariz und El Rengo zogen mich auf ein Bettgestell und banden mir Hände und Füße, gleich wie bei den zwei andern Frauen.

Sie befestigten an einer meiner Zehen ein elektrisches Kabel.

In der Nähe standen ein etwa dreißigjähriger Mann und ein etwa siebzehnjähriger Jüngling mit hinter dem Rücken gefesselten Händen, beide von einem Wärter bewacht. Aus ihren gequälten, haßerfüllten Blicken schloß ich, daß sie die Ehemänner, Freunde oder Brüder der zwei Frauen waren.

Als die Folterer mich festgebunden hatten, gingen sie zur älteren der beiden Frauen. Derjenige, der einem Lehrer glich, befestigte einen elektrischen Draht an ihr, während Nariz und El Rengo zuschauten.

Ich hörte markerschütternde Schreie, und der ältere Mann begann zu murmeln: «Ana» ... «Ana» ... «Ana».

Der Folterer fragte eindringlich nach einem Ort, wo ein Waffenlager der Terroristen vermutet wurde, aber er wartete gar nicht auf eine Antwort, bevor er *la picana*, so nannten sie ihren teuflischen elektrischen Draht, wiederum ansetzte. Nariz brach die Folterung ab, um ein Erdungskabel neu zu befestigen, das sich von der Zehe einer andern Frau gelöst hatte. Sie war ein hübsches, etwa sechzehnjähriges Mädchen.

El Rengo kam zu mir herüber. Er hatte ein anderes elektrisches Kabel in der Hand und schrie: «Und was ist mit dieser aufrührerischen Hure?»

Mein Herz stand still.

Als er mit dem Draht meinen Kopf, die Augenlider, und die Arme berührte, schoß der Stromschlag wie ein Blitz durch meinen Körper, mein Herzschlag veränderte sich. Aber als er dann meine Brustwarzen berührte, empfand ich nicht nur Schmerz, sondern Gewalttätigkeit.

Langsam ließ er den Draht über meinen Bauch hinunter

gleiten und beobachtete dabei, wie ich mich dauernd wand. Er umkreiste meine Vagina mehrere Male mit dem Draht und berührte die Klitoris damit.

Plötzlich stieß er das Kabel in meinen Anus, ein schrecklicher Schmerz brachte mich an den Rand des Wahnsinns.

Die ganze Zeit über befragte er auch mich über das Terroristen-Arsenal; auch ich hatte keine Gelegenheit, eine Antwort zu geben. Derjenige, der die ältere Frau folterte, wandte sich dann dem Mädchen zu und schob den Kontakt in ihre Vagina. Ihr Körper krümmte sich sofort heftig, dann wurde sie von schrecklichen Zuckungen geschüttelt. Er wartete, bis sie wieder ruhig lag, dann berührte er ihre Brustwarzen mit dem Elektrokabel.

Ana und die zwei Männer in Handschellen begannen, die Sadisten laut zu beschimpfen; ein anderer Wärter drehte das Radio zur vollen Lautstärke auf.

«Wer zum Teufel wird dich schon hören?» brummte er lachend.

Der jüngere Mann fing so laut an zu schreien, daß er die Radiomusik übertönte: «Ich liebe dich, Cecilia, ich liebe dich».

«Nun kommt der beste Teil», verkündete einer der Folterknechte. Sofort begannen die Wächter und Folterer, einer nach dem andern, uns zu vergewaltigen. Eine dieser Bestien stieß einen glatten, zylindrischen Stock in meinen Anus, dann sagte er zu mir: «Du dreckige Hure wirst dich besser vergnügen, wenn ichs dir später richtig besorge».

Ich verlor das Bewußtsein.

15. Januar

Ich hatte ein starkes Verlangen nach dem Tod.

16. Januar

Den ganzen Tag über lag ich bewegungslos mit verbundenen Augen inmitten einer undurchdringlichen Dunkelheit. Einsamkeit wurde fühlbar. Ich kann mein Alleinsein beinahe berühren. Ich fürchte, daß es *ihnen* gelungen ist, ein Gefühl totaler Isolation zu schaffen. Der Mangel an Sinnesreizen macht meine Gedanken lebendiger. Ich versuche angestrengt, Erinnerungen zu unterdrücken. Meistens gelingt es nicht. Wenn ich an Mutter oder Vater denke, fühle ich mich wie eine Waise.

17. Januar

Während der letzten beiden Tage bekam ich nichts zu essen. Die körperlichen Schmerzen haben nachgelassen. Zweimal haben sie mich zur Toilette gebracht, aber mein Urin bestand aus nichts als Blut. Den ganzen Tag dachte ich an Nestor.

VI

Ein quälender Verdacht befiel mich. Ich ließ die Notiz auf den Schreibtisch fallen.

Mehrere Male schritt ich zwischen Fenster und Tisch hin und her. Ich hatte das Gefühl, Nestor zu kennen. Beunruhigender noch: ich glaubte, auch Susana zu kennen.

Ich schritt auf und ab, bis ich den Mut aufbrachte, das kleine Stück Papier wieder aufzuheben. Meine Augen flogen über die Zeilen.

Ich las weiter.

«...Den ganzen Tag dachte ich an Nestor ... und seine Liebkosungen. Obwohl wir verlobt waren, erklärte ich ihm immer, er müsse Geduld haben. Ich sagte ihm jeweils im Spaß, ich würde es Pater Antonio erzählen, wenn er nicht gehorchen würde.»

Die Erwähnung meines Namens, geschrieben in dieser zittrigen Schrift, betäubte meine Sinne. Ich brauchte eine Weile, um zu realisieren, wer Susana war. Plötzlich schienen meine Beine unter mir nachzugeben. Ich legte mich aufs Bett. Nochmals las ich die Notiz. In meiner früheren Pfarrei war ich der Pfarrer von Susanas Familie.

Ich war dabei, als sie sich über ihre Pickel Sorgen machte, als sie mit dreizehn weinend in die Kirche kam, um mir ihre erste romantische Enttäuschung zu beichten. Ich sah sie aufwachsen. Ich war dabei, als sie am ‹Instituto de la Misericordia› ihren ersten Abschluß machte.

Eines Tages traf ich Nestor. Sie brachte ihn zur Kirche und stellte mich vor als «der Pfarrer, der uns verheiraten wird».

Ich mochte ihn auf Anhieb. Er war ein umgänglicher Medizinstudent, er gehörte einer neuen Generation an, die Veränderungen herbeiführen will, ohne dabei in Extreme abzugleiten. Er fing an, die Kirche der ‹Inmaculada Concepción› zu besuchen. Nach einiger Zeit war es ein Leichtes, ihn zur Mitarbeit in den Armenvierteln rund um die Stadt zu gewinnen. Der einfallsreiche Nestor sammelte ein paar Freunde von der Schule um sich. Unter der etwas pompösen Bezeichnung «Gesundheitsprogramm der ‹Inmaculada Concepción›» schufen sie einen freiwilligen Hilfsdienst.

Susana eilte meistens zwischen den Hütten hin und her

und sah nach Kindern mit hohem Fieber und laufenden Nasen, oder sie half Nestor, wenn er ernsthaftere Fälle behandeln mußte. Sie war auch für die Verwaltung unseres mageren Budgets zuständig, das meistens nicht mit Bargeld gespeist wurde, sondern mit Naturalien, die von Händlern aus den reicheren Vierteln gespendet wurden.

Ich kann mich an unsere letzte Begegnung erinnern, als sei es gestern gewesen. Susana, Nestor und ich aßen in einer verlotterten Hütte in einem sehr armen Stadtviertel.

Am Tag zuvor war Nestor mit mir ans Bett eines sterbenden Kindes gekommen; während ich die extremaunción vornahm, sah ich, wie er wegschaute, um seine Tränen zu verbergen. Ich erinnere mich, wie ich damals dachte, daß aus ihm ein guter Arzt würde. Es braucht seine Zeit, um sich ans Elend zu gewöhnen.

Den ganzen Morgen dieses letzten Tages behandelte Nestor Infektionen, während sich Susana um erschöpfte Mütter kümmerte, die mehr Kinder hatten, als sie ernähren konnten. Beim Mittagessen in der bescheidenen Unterkunft einer armen Familie zeigten sie stolz ihre Verlobungsringe, die ich im Haus von Susanas Familie mit einer einfachen Zeremonie gesegnet hatte. Ich erinnere mich, wie ich über das Funkeln von Susanas Ring witzelte, als sie sich diesen über den Finger streifte.

Nachdem mir Susanas Identität klar wurde, änderte sich meine Einstellung gegenüber dem Tagebuch auf eine Art und Weise, die ich nicht beschreiben kann. Ich vernachlässigte meine priesterlichen Pflichten noch mehr. Während einiger Tage versuchte ich, meine katechetischen Verpflichtungen wieder aufzunehmen; ich besuchte die Sanitätsstation und begab mich auf meine täglichen Rund-

gänge durch das Armenviertel. Der Gemeindevorsteher, der als Armeehauptmann die Junta vertrat, versteckte die Lehm- und Kartonhütten hinter einer Backsteinmauer, die er als seinen wichtigsten Beitrag zum Fortschritt des Orts betrachtete.

Meine Nachlässigkeit begann aufzufallen, und die Gläubigen tuschelten über meine Faulheit. Ich hob die Neunuhr-Messe und das wöchentliche Essen mit den Damen der ‹Katholischen Aktion› auf.

Vor einigen Tagen erhielt ich einen Brief von Bischof Ovando, worin er sich über meine Gesundheit erkundigte. Er war nie glücklich darüber, mich unter seinen Untergebenen zu haben. Ich war ein Störfaktor, den er aus Respekt gegenüber Monsignor Antonelli mehr oder weniger tolerierte.

Eines Tages hatte der Patriarch mit der weichen Stimme, Monsignor Antonelli – er wurde eher als Mensch denn seiner geistlichen Stellung wegen respektiert – zu mir gesagt:

«Antonio, ich habe einen Teil meiner Herde – oder besser gesagt: den besten Teil meiner Herde – an diejenigen verloren, die durch die Macht vergiftet sind. Wir durchleben eine Zeit, in der man sich überlegen muß, ob es besser ist, eher das Schaf vor dem Wolf zu retten als die ganze Kraft des Speers einzusetzen. Ich glaube, daß ich dich, Antonio, für eine Weile im Laubwerk unserer Mutter Kirche verstecken muß.»

«Warum?»

«Deine Arbeit wird nicht gern gesehen.»

Monsignor Antonelli fuhr fort und sagte, daß meine Arbeit für die Armen vom Regime als eine Indoktrination mit gefährlichen Ideologien betrachtet würde. Ich erklärte ihm, daß ich nur versuchte, diesen armen Leuten zu helfen, indem ich sie mit dem notwendigen Glauben erfüllte. Diesen bräuchten sie, damit sie sich angesichts der unmenschlichen Lebensbedingungen nicht von Gott abwendeten. Monsignor Antonelli sagte, daß solche Priester, wie ich einer war, zu andern Zeiten als Missionare bezeichnet wurden.

Mich überkam große Traurigkeit, als ich zu Monsignor Ovando versetzt wurde, der mehr als tausend Kilometer weit weg war. Ein Dokument des Prälaten bezeichnete ihn als einen Bischof, der sich mit Vorliebe gegenüber den Repressionen passiv verhielt.

Trotzdem widersetzte ich mich der Versetzung nicht. Seit ich Monsignor Antonelli kannte, hatte er nie willkürliche Entscheide getroffen, und offenbar wußte er weit mehr über die Gefahr, in der ich mich befand, als er mir zu erzählen wagte.

So kam es, daß ich in diesem abgelegenen Ort, der von gefährlichen Bergen und einer wunderschönen Landschaft umgeben ist, die seine Armut aber nicht verbergen kann, Pater Ramiro ersetzte.

Ich bin sicher, daß Monsignor Ovando wegen des merkwürdigen Verhaltens seines Protégés mit dem Patriarchen bereits in Verbindung getreten ist, und dies bedrückt mich. Gleichzeitig bin ich fast sicher, daß mir Monsignor Antonelli meinen Geisteszustand verzeihen würde, wenn er die Gründe dafür wüßte. Eines Tages wird er sie erfahren.

Diese Woche lebte ich in einem sozusagen klösterlichen

Zustand und aß sehr wenig. Jeden Morgen wartet Juanita vor meiner Tür und zwingt mich förmlich dazu, etwas Kleines zu essen, bevor ich zur Siebenuhr-Messe gehe. Während ich körperlich schwächer werde, nimmt meine Obsession durch das Tagebuch zu. Ich werde von scheußlichen Kopfschmerzen und Schwindelanfällen verfolgt. Trotzdem hatte ich am Wochenende mehr Eintragungen ins Reine geschrieben.

VII

18. Januar

Heute führten sie mich mit verbundenen Augen zum selben Ort.

Die gedämpften Geräusche, die ich beim Aufsteigen über die Metalltreppe wahrnahm, verebbten wie eine Flut, als sie die Türe öffneten. Sobald wir eintraten, hörten sie abrupt auf. «Ist diese Verrückte wieder da?» fragte dieselbe Stimme, die mich schon beim letzten Mal angeschrien hatte. «Du dreckige, aufrüherische Hure» brüllte er, als er mir einen harten Gegenstand in den Anus schob.

«War sie nett zu dir, Nariz?» fragte einer der Männer, die mich zurückgebracht hatten. Am andern Ende des Raums wurde gelacht, als einer bemerkte: «Dies war das erste Mal, daß Nariz eine Jungfrau hatte.»

Das Gelächter steigerte sich, als er antwortete: «Die dreckige Nutte wurde ohnmächtig. Es war, als vögelte man eine Leiche.»

Als sie mir die Mütze abnahmen, sah ich, daß Ana auch da war, das Mädchen Cecilia jedoch nicht. Auch die beiden jungen Männer waren nicht da. Aber auf dem mittleren

Bettgestell lag eine weitere Frau. Sie muß etwa fünfundzwanzig gewesen sein. Sie war in der Art eines fliegenden Adlers gefesselt und hatte am ganzen Körper blaue Beulen. Ein Mann mit einem Elektrokabel in der Hand stand bei ihr. Er fragte die andern Aufseher, wo Cecilia geblieben sei.

«Sie gab noch immer einen guten Fick ab, wir entschlossen uns deshalb, sie dem Leutnant als Geschenk zu übergeben», antwortete einer meiner Bewacher.

Zum ersten Mal fragten sie mich, ob ich Silvia Molinari kenne.

19. Januar

Meine Bewacher waren während dieser Reise zur Folterkammer brutaler denn je. Ana und das Mädchen, das ich am Tag zuvor kennengelernt hatte, waren schon da. Auch ein Mann in Uniform war dort, den ich zuvor noch nie gesehen hatte. Er wurde von allen ehrfurchtsvoll als «der Leutnant» angesprochen.

«Du kennst also Silvia?» sagte er, sobald sie mir die Mütze abgenommen hatten.

«Ja».

«Wo ist sie?»

«Ich weiß es nicht.»

Der Leutnant gab mir einen harten Schlag in den Magen. Als ich stürzte, befahl er den Männern, mich auszuziehen. Sie banden mich fest, und diejenigen, die die andere Frau folterten, gaben mir auf ein Signal des Leutnants Elektroschocks. Gleichzeitig fragte mich der Leutnant: «Wo ist Silvia? . . . Wo ist sie?»

Daß ich das nicht wußte, machte ihn noch wütender, und er befahl, die Stromstärke zu erhöhen.

Ein dritter Folterknecht wurde angewiesen, elektrische Drähte an mein Zahnfleisch anzuschließen. Ich verlor das Bewußtsein. Als ich wieder zu mir kam, bemerkte ich, daß mich ein Soldat wiederzubeleben versuchte; er hörte auf, sobald ich die Augen öffnete.

20. Januar

Der Leutnant war wieder da. Ebenso Ana und die andere Frau. Diesmal stellte ich mit großem Erstaunen fest, daß die andere Frau lächelte. Ihr freundliches Gesicht kam mir merkwürdig vor. Als sie Elektroschocks bekam, bog sich ihr Körper durch, aber sie hörte nicht auf zu lächeln und gab keinen Laut von sich.

Der Leutnant kam zu mir herüber und fragte mich wieder nach Silvia, fast gleichzeitig schlug er mich mit einer Peitsche. Er verlangte ein paar Kopfhörer und stülpte sie mir über die Ohren. Der stetige, schrille Ton machte mich augenblicklich ohnmächtig.

Als ich später meine Augen öffnete, fragte mich der Leutnant nicht nur über Silvia aus, sondern auch über ihren Freund. Er wurde rot vor Wut, als ich mit «Ich weiß nicht» antwortete. Einmal mehr schlug er wild auf mich ein, dann stieß er den Peitschengriff in meinen Anus. Bevor ich ohnmächtig wurde sah ich, wie er die Peitsche einem Untergebenen zuwarf und ihm befahl, «sie abzuspülen».

22. Januar

Ich hörte, wie meine Nachbarzelle geöffnet wurde; ich hörte Stimmen, Schläge, aber keine Schreie, kein Wimmern.

Ich stellte mir die lächelnde Frau in jener Zelle vor.

Mir kam in den Sinn, daß sie einer jener Menschen sein könnte, die willentlich einen hypnotischen Zustand erreichen können, um damit das Nervensystem gegen Schmerzen unempfindlich zu machen.

Ich hörte einmal von einem Pianisten, der im Kopf Bach spielte, während er gefoltert wurde. Und von einem Chirurgen, der sich vorstellte, er würde die Teile seines Körpers, die vom Elektrokabel berührt wurden, anästhesieren. Welches war die Gabe des Mädchens in der Zelle neben mir? Was stellte sie sich vor?

Das Schlagen ging etwa zwanzig Minuten weiter. Ich hörte keine Schreie.

26. Januar

Ich wurde während vier Tagen nicht zur Folterkammer gebracht. Später hörte ich von Alicia, daß solche Aufschübe darauf zurückzuführen waren, daß sie zuviele «Kunden» hatten.

Es gab unterschiedliche Wachschichten, und die Wärter unterschieden sich in ihren Einstellungen. Einige ließen mich ohne Mütze und Handschellen. Es gab sogar einen Wärter, der mich mitleidig anschaute. Er sprach aber nie.

Aber ein anderer Wärter kettete meine Hände und Füße immer ans Bett und brachte mich nie zur Toilette. So sehr ich mir auch Mühe gab, ich beschmutzte mich regelmäßig. Dies machte ihn zornig, erst verfluchte er mich, dann richtete er einen kalten Wasserstrahl auf mich, während ich an die Liege gefesselt war. Die Zellen mußten für diese Zwecke vorgesehen sein, denn im Boden war ein Loch mit einem Gitter, wo das Wasser und die Exkremente abfließen konnten.

Ein anderer Wärter kam nur in die Zelle, um mich zu

befingern. Während er mich berührte, flüsterte er mir Obszönitäten ins Ohr und drohte mir, mich umzubringen, wenn ich mich widersetzte. «Hurensohn, Hurensohn», wiederholte ich innerlich.

«Hurensohn.» Eines Tages drangen die Worte nach außen.

Der Perverse lachte nur. Kurz danach spürte ich warmen Schleim zwischen meinen Brüsten hinunterlaufen. Eifrig wischte er mich sauber, verband mir die Augen und verschwand.

27. Januar

Gegen Mitternacht wurde ich aus der Zelle gebracht und zu einem Fahrzeug geführt. Ich wurde auf eine Frau geworfen, die stöhnte. Als ich versuchte, mein Gewicht zu verlagern, merkte einer der Wärter, was vorging. Er fing an, auf mir herumzutreten.

Als wir beim Haus der Folter angekommen waren, nahmen sie unsere Mützen ab und ich erkannte, daß meine Reisegefährtin das Mädchen mit dem lächelnden Gesicht war. Mit einem Blick versuchte ich ihr mitzuteilen, wie leid es mir tat, daß ich im Auto auf ihr herumgetrampelt war. Sie antwortete mit einem zärtlichen Blick.

Wir wurden ausgezogen und an zwei Metallbettrahmen gekettet. Auf dem dritten lag eine Frau, die etwa im siebten Monat schwanger war. Nahe bei meinem Bett stand ein von zwei Aufsehern bewachter Mann, dessen Hände mit Handschellen auf den Rücken gefesselt waren.

«Schau zu, so lernst du was», befahl einer der Folterer. Dann begann er, die *picana* an der Vagina der Frau anzubringen. Die anderen Folterer berührten abwechslungsweise die Brustwarzen mit einem andern Stromkabel.

Als der junge Mann seinen Kopf abwandte, weil er nicht mehr zuschauen konnte, schlug ihn einer der Wärter mit dem Knauf seiner Pistole auf die Schläfe und schrie:

«Schau zu, wie deine Frau wegen dir leidet, du Guerilla-Hurensohn!»

Ein grauhaariger Mann in einem weißen Blazer und mit umgehängtem Stethoskop, der respektvoll mit dem Übernamen «Dr. Mengele» angesprochen wurde, überwachte ihre Lebenszeichen während der Folter. Auf einmal schien er besorgt.

«Ihr Bestien!» schrie er.

Die Folterer traten zurück.

«Was ist los, Doktor?» fragte einer von ihnen.

Ohne etwas zu sagen, beugte sich «Dr. Mengele» über die Frau, um die Tränen auf ihrem Gesicht zu trocknen. Mit einfühlender Stimme fragte er sie, wie es ihr gehe. Unterdessen befestigte er einen Löffel an Drähten, die ihm einer der Folterer reichte. Er führte den Löffel in die Vagina der Frau, wo der Stromstoß ohne Zweifel ihren Fötus traf. Die zwei andern Folterer beobachteten den Vorgang aufmerksam. Auf ein Zeichen von Dr. Mengele ging einer von ihnen zum Kontrollpunkt und erhöhte die Stromspannung.

Die junge Frau begann stark zu bluten. Krämpfe durchzuckten ihren Körper. Nun lag sie regungslos.

Halb besorgt, halb resigniert untersuchte er sie, dann meinte er:

«Wir habens wieder mal übertrieben.»

Der junge Mann stürzte zum Bettgestell, wo seine Frau regungslos lag, und rief:

«Mörder!»

Durch einen Gewehrschuß in den Nacken wurde er von

einem seiner Bewacher zum Schweigen gebracht. Er fiel auf mich, Blut lief heraus. Eines seiner Augen war aus der Höhle getreten.

Ich spürte, wie etwas Warmes meine Beine hinunterlief; dann wurde ich ohnmächtig.

Als ich zu mir kam, stritt der Folterer mit Doktor Mengele eifrig darüber, wer an diesem Vorfall schuld war. Mengele gab komplizierte Erklärungen über den Einfluß von Elektroschocks auf die Herzkranzarterien ab.

Das tote Ehepaar wurde weggebracht. Die Folterer schienen gelangweilt. Dann fuhren sie damit fort, mich zu bearbeiten. Ich versuchte, an Bach zu denken, aber es half nichts. Ich sehnte mich danach, wegzutreten.

30. Januar

In der dunklen Einsamkeit meiner Zelle, die ich fast drei Tage lang nicht verlassen hatte, begann ich über das Leben vor dem sechsten Januar nachzudenken.

Meine Eltern waren vielleicht ein bißchen übervorsichtig; sie nahmen jede Gelegenheit wahr, zu beweisen, wie gut sie für mich sorgten. Nestor war in mich verliebt, und wir sollten am zwanzigsten Juni heiraten. Ich sollte die Universität in zwei Jahren mit einem Literaturdiplom verlassen. Ich stellte mir oft vor, wie meine Mutter das Diplom stolz neben das Schreibmaschinen-Diplom und die Ehrenurkunde der Musikschule hängen würde.

Hier, unter diesen Umständen, habe ich einige Spiele erfunden, die mich vor dem Verrücktwerden bewahren sollten. Aus den Hüllen der ranzigen Sandwiches, die sie mir manchmal geben, forme ich Figuren. Ich wähle mir aus einem Schwarm von Fliegen, die vom Geruch nach Urin und Exkrementen angezogen werden, eine einzelne aus und verfolge ihren Flug. Obwohl ich Angst habe, erwischt und bestraft zu werden, verbringe ich oft eine beträchtliche Zeit neben dem Abflußloch, wo sich am meisten Fliegen ansammeln. Ich versuche, eine oder zwei mit der Hand zu fangen. Ich füttere eine langbeinige Spinne, die in einer Ecke der Zelle ihr Netz gespannt hat.

Die Spinne schien mich zu erkennen, denn immer wenn ich in ihre Nähe kam, rannte sie zur Mitte ihres Netzes, wo ich die gefangenen Fliegen meistens deponierte. Ich beobachtete, wie die Spinne ihre Beute unschädlich macht und hoffe, daß es nicht eine der Fliegen ist, die ich im Flug beobachtet habe.

Während der vergangenen drei Tage war der Wärter im Dienst, der meine Augen verbunden hält und mir die Handschellen nicht abzieht. Ich konnte nicht spielen. Ich bin meinen Erinnerungen überlassen.

Mein Groll gegenüber Silvia wächst.

31. Januar

In einem Raum im selben Gebäude mußte ich mit dem Gesicht zur Wand stehen.

Eine rohe Stimme hinter mir fragte mich nach meinem Namen und meinem Geburtsdatum.

«Kennst du Silvia Molinari?» fragte er.

«Ja», antwortete ich.

«Wo ist sie?»

«Ich weiß es nicht.»

«Wart ihr Freunde?»

«Nur Bekannte.»

«Weißt du, warum du hier bist?»

«Nein.»

«Du bist hier, weil du eines der Werkzeuge des anarchistischen Terrorismus bist, der die Basis unserer Demokratie zu untergraben versucht.»

«Ich bin keine ...»

«Schweig», schrie mein Befrager. «In diesem schmutzigen Krieg müssen die Streitkräfte jeden Blutstropfen vergießen, um die christlichen Werte des Westens zu bewahren.»

«Aber ich bin keine ...»

«Schweig», schrie er mich wieder an. «Antworte mir: Haßt du die Streitkräfte?»

Ich gab keine Antwort. Es entstand eine längere Pause.

«Kennst du Silvia Molinari?» fing er wieder an.

«Ja.»

«Wo ist sie?»

«Ich weiß nicht.»

«Wart ihr Freunde?»

«Nur Bekannte.»

«Wann hast du sie zum letzten Mal gesehen?»

«Am Tag, als sie mir Briefe von ihrem Freund gab.»

«Kennst du ihren Freund?»

«Nein.»

Mein Befrager entfernte sich.

Aus dem Klicken seiner Absätze schloß ich, daß er ein hoher Armeeoffizier war.

Ich mußte während fast drei Stunden an der selben Stelle stehen. Schließlich wurde ich ohne weitere Fragen in die Zelle zurückgebracht. Als ich in jener Nacht auf meinem Bettgestell lag, versuchte ich, meine letzte Begegnung mit Silvia zu rekonstruieren.

Nestor hatte in der Nähe der medizinischen Fakultät eine kleine Wohnung gefunden. Mein Vater machte das Angebot, einen Maler zu bezahlen. Nestor lehnte höflich ab und strich die Wohnung nachts und an Wochenenden selbst. Wir hatten schon Möbel auf Kredit gekauft, und an dem Tag, an dem sie geliefert wurden, mußte ich zur Wohnung gehen, nachdem ich mein Hochzeitskleid anprobiert hatte.

An der Ecke traf ich Silvia. Wir schritten gemächlich die sechs Blocks entlang zum Schneider. Sie erzählte mir, daß sie ihrem Liebhaber, einem Soldaten, aus der Jugendzeit geschrieben hatte. Sie war sehr vorsichtig, da ihre Mutter seine Briefe an sie gefunden hatte und ihre Beziehung mißbilligte. Ich bemerkte, daß Silvia ein Bündel Briefe bei sich trug.

Sie bat mich, diese für sie aufzubewahren.

In den zwei Jahren, in denen ich Silvia kannte, hatte ich sie schätzen gelernt. Aber wir waren eigentlich keine engen Freunde, und unsere Beziehung beschränkte sich darauf, daß wir gelegentlich nach dem Unterricht in einem Café zusammen schwatzten, immer in Gesellschaft anderer Studenten. Vom Schneider ging ich zur Wohnung, wo ich die Briefe in die unterste Schublade des Nachttischs legte. Ich erinnere mich an das sanfte Parfum des rosaroten Bandes, mit dem sie gebunden waren.

In jener Nacht erzählte ich Nestor von den Briefen, er machte sich über meine romantische Einstellung lustig. Er lächelte. Nestor verstand immer.

1. Februar

Ich war ans Bettgestell gefesselt und beobachtete den ganzen Tag, wie die Spinne vom einen Ende ihres Netzes zum anderen rannte. Dann überfielen mich die Erinnerungen an den Tag nach der letzten Begegnung mit Silvia.

Am späten Nachmittag des 5. Januar war ich mit dem

Bügeln der Vorhänge für unsere Wohnung fertig. Ich verließ das Haus mit dem Stoffbündel und einer Serie neuer Kugelschreiber, die ich Nestor schenken wollte. Ich wollte sie – wie es am Abend des Dreikönigstages üblich war – in Nestors Schuhe legen, die er speziell für die Hochzeit gekauft hatte und die er im Wandschrank des Schlafzimmers aufbewahrte. Der Hauswart wischte den Boden der Eingangshalle, als ich eintrat. Meinen Gruß erwiderte er nicht. Er wandte den Blick nicht von seiner Arbeit ab, was ich merkwürdig fand.

Ich wunderte mich über sein unhöfliches Benehmen und ging in den dritten Stock hinauf. Als ich die Tür zu unserer Wohnung öffnete, fand ich eine Unordnung vor, die mich wie ein Schlag traf. Die Polstermöbel waren aufgeschlitzt, und die Füllungen waren über den ganzen Boden verstreut. Die Beine des Kaffeetisches waren zerbrochen, und überall lagen Scherben herum. Die Türen des chinesischen Schrankes waren aus den Angeln gerissen, und Geschirr fehlte. Der Fernseher und die Schreibmaschine waren auch weg. Die Schlafzimmeruhr war nicht mehr da, und der Schrank, in dem Nestor seine Souvenirs aufbewahrte, war durchwühlt worden. Die Schubladen der Nachttische lagen verkehrt auf dem Kasten; die Matratze lag, der Länge nach aufgeschlitzt, am Boden.

Ich rannte zum Hauswart in die Eingangshalle zurück.

«Wir wurden beraubt! Wir wurden beraubt!» sagte ich verzweifelt.

Er wandte den Blick von seiner Arbeit ab, aber er hörte nicht auf, mit dem Wischlappen über die Fliesen zu kreisen.

«Wir mögen keine Leute mit Problemen in diesem Haus», sagte er vorwurfsvoll.

«Was meinen Sie damit?»

«Sie wissen genau, was ich meine.»

«Nein, ich weiß es nicht», antwortete ich irritiert.

«Sie kamen letzte Nacht.»

«Wer sind sie?»

«Die Miliz.»

«Welche Miliz?»

Der Mann stand auf.

«Ich kann kein Wort mehr dazu sagen», murmelte er ängstlich.

Ich faßte ihn am Arm. «Welche Miliz?» wiederholte ich.

«Die Männer von der Armee», sagte er, indem er sich meinem Griff zu entzichen versuchte. Ich hielt ihn fest, bekam aber Mitleid mit ihm, als ich den Schrecken in seinem Gesicht sah.

«Bitte, Madame», bettelte er. «Ich will nicht in die Sache verwickelt werden; ich habe eine Familie. Sie haben mir verboten, mit Ihnen zu sprechen. Stellen Sie mir keine Fragen, lassen Sie mich in Ruhe.» Er war nahe daran, in Panik auszubrechen.

Wutentbrannt rannte ich nach Hause. Ich versuchte, Nestor anzurufen, aber er war nicht zu Hause. Seine Mutter sagte mir, er hätte einen Notruf erhalten; auf eine Militärbasis war ein Anschlag mit vielen Verlusten unternommen worden.

Ich rief Pater Antonio an. Man erzählte mir, er sei ins Landesinnere unterwegs, wann er zurückkomme, sei ungewiß. Bis spät in die Nacht rief ich immer wieder bei Nestor an, aber seine Mutter hatte nichts von ihm gehört.

Dann kam der 6. Januar.

VIII

Heute erhielt ich von Bischof Ovando einen weiteren Brief. Er bittet mich, in die Stadt hinunter zu kommen, um über den Bau eines Altersheims zu sprechen.

Dieser Ort benötigt ein Altersheim etwa ebenso dringend wie einen nuklearen Holocaust. Die wenigen verbliebenen Alten leben erstklassig mit ihren Kindern zusammen und spielen während neun Stunden täglich bochas auf jedem ebenen Grundstück, das sie finden können.

Bischof Ovando weiß dies nicht, aber er mußte sich etwas einfallen lassen, um mich zu sich zu locken und mich wegen meiner Arbeit schelten zu können.

Ich schrieb ihm zurück, daß ich ihn wegen meiner aufreibenden Anstrengungen für die Schaffung verschiedener Wohlfahrtsprojekte untertänigst um eine Verschiebung unserer Besprechung bitten müsse, bis diese Arbeiten richtig organisiert seien. Ich vermutete, daß er mir dies nicht abkaufen würde, aber ich wollte etwas Zeit herausschinden, um meine Arbeit am Tagebuch abzuschließen.

Diese Woche habe ich keine großen Fortschritte gemacht. Ich litt unter Schlaflosigkeit. Falls es mir einmal gelang, einzuschlafen, wurde ich von Halluzinationen und Alpträumen wachgerüttelt – Alpträumen über Susana.

Schreiend vor Angst und schweißgebadet wache ich auf. Zweimal erwachte ich, weil Juanita an die Tür hämmerte und von mir wissen wollte, was los sei. Am folgenden Morgen gab ich ihr jeweils eine theologische Begründung meiner Träume, die sie fromm akzeptierte. Ich bat sie darum, dies als unser kleines Geheimnis für sich zu behal-

ten. Aber jetzt wird mir klar, daß dies ein Fehler war, denn ausgerechnet an jenem Nachmittag kam Dr. Ortiz vorbei, um sich nach meiner Gesundheit zu erkundigen. Ich fiel auch beim Ladenbesitzer von La Central in Verdacht und bei einer der Damen von der «Katholischen Aktion», die mir Juanita bei meiner Übernahme der Pfarrei empfohlen hatte.

Meine Besessenheit durch das Tagebuch ist perfekt.

IX

2. Februar

Als sie mir in der Folterkammer die Mütze abnahmen, konnte ich ein junges Mädchen sehen, dessen schwacher Körper am Fleischerhaken hing. Ein Wärter bediente das Seil eines Flaschenzugs, der den Körper des Mädchens auf und ab bewegte.

Einer der drei Folterer stand direkt vor ihr. Alles, was ich sehen konnte, waren seine breiten Schultern, die den mageren Mädchenkörper verdeckten. Ihr Körper schwang brutal gegen die Wand, und ich hörte das gräßliche Geräusch brechender Knochen.

«Wo ist Avila?» fragte der Peiniger, als ihr Körper zu ihm zurückpendelte wie eine Experimentierpuppe. Die Augen des Mädchens waren starr.

«Avila, wo ist er?» wiederholte der Mann.

Das Mädchen spuckte ihm ins Gesicht; es gab ein makabres Lachen von sich. Der Folterer wischte die Spucke von seiner Wange.

«Gottverdammte kleine Hure!» Er versetzte ihr einen Schlag in den Magen.

Die Tür wurde aufgestoßen, der Leutnant trat ein.

Sie sprachen miteinander, aber ich verstand nichts. Dann wies der Leutnant den Mann am Seil an, das Mädchen noch höher zu heben.

Auf ein weiteres Zeichen des Leutnants verließen die beiden andern Folterer den Raum. Sie kehrten mit mehreren leeren Flaschen zurück, die sie auf dem Fußboden unter den Füßen des Mädchens zerschlugen.

Der Leutnant nickte, und der Mann am Flaschenzug fing an, das Mädchen hinunterzulassen. Die Frau versuchte, ihre Beine anzuheben, um dem Glas auszuweichen; aber sie konnte nur das rechte Bein bewegen.

«Was ist passiert?» fragte der Leutnant den Mann.

«Sie schlug an die Wand», antwortete er lachend.

Der Leutnant befahl, die Frau nicht weiter hinunterzulassen. Er näherte sich ihr und wischte ihre Tränen vom Gesicht.

«Ich werde dich zur Behandlung ins Spital bringen lassen», sagte er sanft zu ihr.

Sie starrte ihn nur an.

«Wo ist Avila?» drang er weiter in sie ein.

Er bekam keine Antwort.

«Wo ist Avila?» wiederholte er sanft und geduldig.

Sie blieb still. Der Leutnant stieß die Glasscherben weg und pflanzte sich vor ihr auf. Er breitete seine Arme aus, bereit, sie auf die Ohren zu schlagen, und fragte wieder:

«Wo ist Avila?»

Ohne auf eine Antwort zu warten, schlug er seine Handflächen auf ihre Ohren.

Sie stieß einen kurzen, lauten Schrei aus. Dann wurde sie ohnmächtig. Der Leutnant ließ es damit bewenden, gab einige weitere Anweisungen und ging dann weg.

Kurz danach trat «Dr. Mengele» ein und wischte mit einem Wattebausch das Blut weg, das aus den Ohren des Mädchens floß.

3. Februar

Heute begann einer der Folterer damit, sich selbst zu amüsieren, indem er meinen Körper schamlos streichelte und dabei einen Vortrag über «ausländische und gefährliche Ideologien» hielt. Er machte auch eine Anspielung auf die «wichtige Funktion» die er im «offiziellen Kampf für die Ausrottung solcher Ideologien» innehabe.

Seine Stimme wurde dann sanfter, und er erzählte mir über seine Tochter, die in meinem Alter sei. Er sagte, er habe aus ihr eine Zahnärztin machen wollen, weil das eine einträgliche Karriere sei, aber sie habe sich «zu stark zu einer romantischen Träumerin entwickelt». Gleich mir habe sie sich entschlossen, Literatur zu studieren.

«Nun», sagte er, «was soll man machen? Die heutige Jugend! Willst du, daß ich dir morgen etwas von dem närrischen Zeug bringe, das sie schreibt?»

Der andere Folterer hörte das Gespräch mit an und begann über die Diplome seines Sohnes zu sprechen, die dieser am Polytechnikum erworben habe, als der Leutnant auftauchte.

«Hast du gesehen, was gestern mit der andern Frau geschehen ist, als sie auf meine Fragen nicht antworten wollte?» fragte er, neben meinem Bett stehend.

«Von nun an wird sie ‹Die taube Luisa› genannt», bemerkte einer der Folterer.

Der Leutnant brach in Gelächter aus, die andern stimmten darin ein. Immer wieder stellte er mir die gleichen Fragen. Bald langweilte er sich und ging. Zurück in der

Zelle, hörte ich in jener Nacht zum ersten Mal das Kläffen eines jungen Hundes unter dem Fenster. Er erinnerte mich an meinen Hund Rulito, den mir Nestor geschenkt hatte. Das klägliche Geheul klang genau gleich wie jenes von Rulito, der die ganze Familie während der ersten Woche zu Hause wach hielt. Ich versuchte, die Tränen zurückzuhalten, aber das erschreckende Gefühl eines plötzlichen und totalen Ausgeliefertsein an Macht und Willen des Bösen war überwältigend. Wieder und wieder träumte ich vom gespenstischen «Dr. Mengele», der zärtlich das Blut von Luisas Ohren wischte. Es war nicht einfach nur ein böser Traum.

4. Februar

Ich vermisse meinen Vater ebensosehr wie meine Mutter. Mir war vorher nie bewußt, wie sehr ich ihn liebte. Manchmal wurde ich vom fiebrigen Wunsch überwältigt, von ihm so umarmt zu werden, wie es in meiner Kindheit geschehen war. Ich bin sicher, daß er nie Zeuge einer Folter wurde. Ich bin sicher. Er würde es nie zugelassen haben, daß in seiner Gegenwart ein menschliches Wesen gefoltert wird. Ich bin sicher.

5. Februar

Heute holten sie mich zu einer unüblichen Tageszeit ab. Ich weiß dies, weil ich vorher immer die Stille der späten Nacht oder der frühen Morgenstunden fühlen konnte. Heute hingegen konnte ich in den Straßen die Geschäftigkeit des Alltags wahrnehmen.

Als sie mir die Mütze abnahmen, konnte ich auf dem einen Bett einen nackten Mann mit verbundenen Augen, auf dem andern eine schwangere Frau sehen.

Ich errötete angesichts der Nacktheit des Mannes. Ich wurde auf das mittlere Bett gefesselt. Ich drehte meinen Kopf so stark ich konnte in Richtung des Bettes, auf dem die Frau lag. Ihre außergewöhnliche Schönheit fiel mir auf. Ich lächelte ihr in der Hoffnung zu, wir würden uns gegenseitig Mut machen.

Unsere Häscher folterten den Mann mit Elektroschocks und fragten ihn über seine Verbindungen zu einer terroristischen Organisation aus. Der Mann weigerte sich zu antworten, und sein Befrager befahl eine Erhöhung der Stromspannung.

Ich hielt meine Augen geschlossen und hörte nur ein Stöhnen. Der Befrager wiederholte seine Frage. Der Mann schwieg.

«Überlaß ihn mir», sagte ein anderer Folterer, der sich dem Bett mit einem Kunststofftablett näherte.

«Sollten sie nicht zuschauen?» sagte der erfolglose Befrager.

«Natürlich, Nariz, natürlich.»

Zwei Männer kamen heran und drehten unsere Köpfe in Richtung des Gefolterten.

«Dreh deinen Kopf nicht zurück, sonst muß ich deinem hübschen Gesicht ein paar häßliche Wunden zufügen, meine liebe Alicia», sagte derjenige, der Alicias Kopf hielt.

Er hielt die Klinge eines kurzen Messers an ihre Kehle und zog sie an den Haaren herum.

«Das gleiche gilt für dich», murrte der Mann, der mich zwang, zum nackten Mann mit den verbundenen Augen hinüberzuschauen.

Der Mann, der die Befragung übernommen hatte, nahm eine Rasierklinge vom Tablett und begann, kleine

Fleischstücke aus den Armen des Mannes herauszuschneiden. Dieser schrie und krümmte sich vor Schmerz. Einmal drang dabei die Klinge tief genug durch seine Haut, um eine Arterie zu verletzen. Das Blut spritzte ins Gesicht des Folterers und zu uns herüber.

Als ich wieder zu Bewußtsein kam, war der Mann weggebracht worden und Alicia war ohnmächtig. Sobald ich meine Augen aufschlug, stand der Folterer, der mir am Tag zuvor von den Gedichten seiner Tochter erzählt hatte, an meinem Bett. Er hatte ein Blatt Papier in der Hand.

«Die hier ist aufgewacht», sagte er zu den andern.

Ich zitterte am ganzen Körper.

«Wieviele sind in deiner Einheit?» fragte er, vom Papier ablesend.

Bevor ich antworten konnte, zuckte ein Stromstoß durch mein Zahnfleisch.

«In welchem Gebiet operiert ihr?» fragte er wieder.

«Welche *cuadros* habt ihr?» verlangte er zu wissen.

All diese Fragen ergaben für mich keinen Sinn. Selbst wenn ich sie verstanden hätte, es wäre für die Folterer kein Unterschied gewesen, denn an jenem Tag waren sie nicht auf Antworten aus. Der Mann, der die Fragen vom Papier ablesen mußte, bat um eine Pause. Er nahm einen anderen Zettel aus seiner Tasche.

«Dies sind die Gedichte meiner Tochter», sagte er stolz zu mir. «Ich werde sie in deine Rocktasche stecken. Sag mir morgen, ob du sie magst.»

Inzwischen war Alicia zu sich gekommen. Sie begaben sich an ihr Bett.

Einer der Folterer strich mit der *picana* über den Bauch der Schwangeren und begann mit einer babyhaften Stimme zu singen:

«Schau, wie sich Juancito bewegt... schau, wie sich Juancito bewegt.»

Die anderen stimmten im Chor mit ein und klatschten, während sie gelegentlich den Unterleib der Frau abtasteten, um zu sehen, ob der Fötus zuckte.

«Hört auf mit dem Scheißdreck!» schrie der Leutnant beim Eintreten.

Überrascht starrten die Folterer den Offizier an, der sie in eine entferntere Ecke des Raumes rief. Sie flüsterten, und kurz darauf wurden wir in unsere Zellen zurückgebracht.

Dort hörte ich wieder das klägliche Geheul eines Welpen.

X

Ich erwachte letzte Nacht, schaute instinktiv nach Blut und entdeckte einen dunklen Fleck auf meinem Kissen, berührte ihn und spürte dabei nur die Nässe meines eigenen Schweißes.

Als ich mich nach meinem Wecker umdrehte, spürte ich einen starken Schmerz im Bein. Ich tastete es nach Verletzungen ab. Ich fing an zu weinen.

Es ist zum Verrücktwerden. Zwei Priester einer abgelegenen Gemeinde im Landesinnern waren umgebracht worden, und ihr Bischof riet in seiner Trauerrede, die Kirche sollte sich strikt auf die Verbreitung des Evangeliums beschränken. Er äußerte einige Worte im Hinblick auf «Gesetz und Ordnung unserer Streitkräfte» und die «mit der Doktrin unseres Herrn Jesus Christus nicht verträglichen Ideologien.» Er sagte auch etwas von «unter dem Schirm Gottes stehen.»

Alles war vorsichtig formuliert, doch im Grunde genommen war es eine Warnung an diejenigen, die glauben, daß es Teil unserer kirchlichen Pflicht ist, sich für die Notleidenden einzusetzen. Wenn man den Armen Nahrung gibt, ist man subversiv. Wenn man mit den Müttern, deren Söhne verschwunden sind, marschiert, unterstützt man die Feinde der Regierung.

In der nächsten Siebenuhr-Messe nahm ich in der Predigt Bezug auf die Korruption im Land. Ich erwähnte die Repression.

Die Kirchgänger wurden unruhig. Als ich das Wort «Verschwundene» äußerte, drehten sich alle nach dem Polizeikommissär und dem Armeehauptmann um.

Die zwei Männer schauten mich teilnahmslos an. Nach der Messe kamen sie zu mir.

Mit Ausnahme von Rosa Urquia und einer Frau mit einem runzligen Gesicht, die ich bisher nur auf meinen Rundgängen durch die verarmte Nachbarschaft am Rande der Stadt gesehen hatte, verließen alle eilig die Kirche.

Hauptmann und Polizeikommissär starrten die Frauen an und befahlen ihnen mit ihren Blicken, hinauszugehen. Aber keine von ihnen rührte sich von der Kirchenbank.

«Es wäre für meine Frau und mich eine große Ehre, wenn Sie morgen zu uns zum Nachtessen kämen», sagte der Hauptmann zu mir.

«Es wäre mir ein Vergnügen», antwortete ich und versuchte zu lächeln, «aber ich habe bereits eine Einladung von Rosa angenommen.» Ich deutete auf die Frau.

Rosa war überrascht. Wir hatten uns kaum gegrüßt, wenn sie zur Messe kam, und alles was ich über sie wußte, war, daß sie wegen der gewerkschaftlichen Tätigkeit ihres

Mannes von ihrer Stelle als Lehrerin suspendiert worden war.

«Wie wärs mit dem folgenden Tag?» sagte der Hauptmann, der seine Enttäuschung zu verbergen versuchte.

«Prima», sagte ich höflich.

Die Männer ignorierten die Frau, als sie schweigend hinausgingen. Ich entschuldigte mich bei Rosa und sagte ihr, daß ich diesen und den nächsten Tag zur Beendigung einer Arbeit brauche. Sie sah mich enttäuscht an.

«Pater, bin ich zu arm, um Sie an meinem Tisch zu haben?» fragte sie. Ihre Absicht war klar. Ich versprach, ihr einen Besuch abzustatten.

In mein Zimmer zurückgekehrt, schrieb ich eifrig folgendes ab:

XI

6. Februar

Der erste Wächter, der während der Nacht (ich vermute, es war Nacht) meine Zelle betrat, war der Perverse. Nachdem er mich wie üblich betätschelt und mir Obszönitäten ins Ohr geflüstert hatte, ejakulierte er über meine Brüste.

«Damit du weißt, daß ich nicht ganz so schlecht bin, habe ich dir ein Geschenk mitgebracht», sagte er liebevoll zu mir. Unterdessen wischte er das Sperma von meiner Brust.

Bevor er ging, schob er eine Scheibe Brot in meine linke Hand und drückte sie fest zu.

Sobald der Schlüssel gedreht worden war, ließ ich das Brot fallen. Wieder mußte ich viele Stunden der Unbeweglichkeit und Dunkelheit ertragen.

Die nächste Ablösung war die Reinigungsmannschaft. Sie reinigten den Raum mit einem kalten Wasserstrahl, den sie dann auf mich richteten. Nach dem anfänglichen Kälteschock war ich für die Dusche dankbar. Sie banden mich los, nahmen mir die Mütze ab und gingen.

Ich hatte herausgefunden, daß ich mein Ohr ans Bettgestell legen und dann aufgrund der Vibrationen herausfinden konnte, wann die Wärter im Korridor waren. Fühlte ich mich sicher genug, versuchte ich vorsichtig aufzustehen. Meine Beine waren so steif, daß ich kaum stehen konnte. Wenn mir ein paar Schritte durch die Zelle gelangen, wurde ich von einem unsagbaren Glücksgefühl durchströmt.

Als ich sicher war, daß die Wärter im Korridor von meiner Zelle in Richtung Toilette weggegangen waren, suchte ich die Brotscheibe. Ich fand sie in Form einer breiigen Masse über dem Abflußloch. Ich verscheuchte die Fliegen, die sich daran gütlich taten, und preßte sie wie einen Schwamm zusammen. Mit einem gewissen Genuß aß ich, was von der klebrigen Masse übriggeblieben war. Mein nagender Hunger verschwand.

Ich fühlte mich beinahe gut, als ich im Hinterhof ein Stöhnen hörte.

Durch die Stäbe des winzigen Fensterlochs sah ich einen Mann, der in der Mitte des Hofs an einen Pfosten gebunden war. In seiner Nähe lag ein anderer Mann, der mit Pfählen an den Boden gefesselt war.

Beide waren nackt, und ihre Körper waren mit großen, blauen Flecken übersät. Die Sonne brannte heiß, und ich vermutete, daß die beiden Männer seit dem frühen Morgen dort sein mußten, weil derjenige am Boden Blasen vom Sonnenbrand hatte.

In der Nähe unterhielt sich ein Wärter, indem er Wassermelonenkerne ausspuckte.

Der an den Pfosten Gefesselte starrte verzweifelt auf die Wassermelone. Seine Augen folgten dem Flug eines jeden Samens, bis er auf dem Boden landete. Der Wärter merkte dies und spuckte den nächsten Kern höher in die Luft, dabei imitierte er das Geräusch eines abstürzenden Flugzeugs.

Ich hatte nicht gehört, daß meine Zellentür geöffnet wurde. Bevor ich wußte, was los war, standen zwei Wärter an meiner Seite. Einer schlug mich so stark in den Rücken, daß ich gegen die Wand prallte und zu Boden fiel.

Sie ketteten mich ans Feldbett und schlugen auf mich ein, bis ich ohnmächtig wurde. Als ich erwachte, waren meine Augen verbunden; noch immer konnte ich das Geräusch hören, das ich für das Jaulen eines Welpen hielt.

7. Februar

Als sie mich zur Toilette brachten, sah ich wieder diese freundlichen Augen, die mich durch das Guckloch meiner Nachbarzelle anschauten.

In meine Zelle zurückgekehrt, stellte ich fest, daß das Guckloch meiner Türe geschlossen war. Nachdem ich mich für eine Weile dem Befehl, auf dem Bett zu bleiben, gefügt hatte, stahl ich mich ans Fenster.

Dort, wo gestern ein Mann an den Boden gefesselt war, sah ich einen Blutfleck. Der andere Mann war noch immer an den Pfosten gefesselt. Er sah jetzt magerer aus, und auch er hatte Blasen.

Ein deutscher Schäferhund, der von einer Stimme im Hintergrund zurückgerufen wurde, ging knurrend in seine

Nähe. Obschon ich wußte, daß mich niemand sehen konnte, trat ich vom Fenster zurück. Bald darauf näherten sich zwei Männer in Zivilkleidung, aber in schwarzen Stiefeln dem Pfahl im Zentrum des Hofs.

Sie diskutierten miteinander. Der jüngere band den Gefangenen los. Ich konnte nicht verstehen, was sie sagten. Dann band er dem Häftling ein Seil um die Hüfte und ließ ihn soweit gehen, bis das Seil, das von dem Mann mit der Peitsche gehalten wurde, straff war.

«Lauf!» befahl er dem Gefangenen mit einem so gewaltigen Stoß, daß dieser stürzte und eine Staubwolke aufwirbelte.

Er zog ihn an den Haaren hoch und schrie wieder: «Lauf!»

Der Mann taumelte einige Schritte vorwärts.

«Schneller!» schrie der mit der Peitsche. Der Mann ging schneller. Der Gefangene wurde von einem Folterer ausgepeitscht und vom andern getreten, wenn er an jenem vorbeigejagt wurde. Von den Peitschenhieben begann sein Rücken stark zu bluten.

8. Februar

Als man mir die Mütze abnahm, fand ich mich in einem andern, größeren Raum wieder. In der Mitte befand sich so etwas wie ein Kinderplanschbecken, nur war es tiefer. Von der Decke hing ein Flaschenzug; am Seil war ein Fleischerhaken befestigt. An der Wand war eine Reihe von Gestellen, an die zwei Männer mit dem Gesicht zur Wand gefesselt waren.

Ich wurde zu ihnen hinübergestoßen und mußte neben dem Älteren sitzen, er konnte nicht älter als dreißig sein.

Er hatte tiefe Ringe unter den Augen und einen traurigen, kalten Gesichtsausdruck. Ich fühlte Zuneigung zu ihm; warum weiß ich nicht.

An seinen Fußknöcheln wurden ein paar schwere Fesseln angebracht, und der Wärter half ihm beim Aufstehen und brachte ihn zum Gehen. Der Wärter stellte ihm einen Haken, so daß er auf den Betonboden fiel, aber er gab keinen Laut von sich. Bald darauf hängte ihn ein anderer Folterer mit den Fußfesseln am Fleischerhaken wie eine Rindshälfte auf.

Der Mann wurde über den Wassertank gehängt, und die Folterer warteten, bis er aufhörte, hin und her zu pendeln. Dann fingen sie an, ihn über einen Überfall auf Armeequartiere auszufragen. Der Mann schwieg. Fünfzehn oder zwanzig Minuten später bekam er ein rotes Gesicht vom Blut, das ihm in den Kopf lief.

Der Folterer, der die Befragung zu leiten schien, gab dem Mann am Flaschenzug ein Zeichen, worauf dieser den Körper langsam sinken ließ. Der Mann spannte all seine Muskeln an, um ein Eintauchen zu verhindern. Der Folterer ließ das Seil durch seine Finger sausen, so daß der Kopf des Mannes tief ins Wasser glitt.

Er schlug heftig aus. Als seine Bewegungen nachließen, gab der Befehlende wieder ein Zeichen, und der Mann wurde aus dem Wasser gehoben. Als sein Kopf auftauchte, wurde er erneut über den Angriff auf die militärischen Einrichtungen befragt, aber er sagte wieder nichts.

Der Mann wurde dieser Behandlung unterzogen, bis er kein Lebenszeichen mehr von sich gab. Er wurde dann zu Boden gelassen. Einer der Folterer verließ das Zimmer. Er kam mit einem gepflegten Herrn zurück, dem ein Stethoskop um den Hals baumelte.

Dieser untersuchte das Opfer gelangweilt.

«Das ist genug für heute», sagte er betont lässig. Der leblose Körper wurde aus dem Raum geschleift.

Alle gingen hinaus, mit Ausnahme eines Wärters, der in einem Magazin las. Gelegentlich hielt er inne, um nach mir und dem jüngeren Gefangenen neben mir zu schielen. Ich verlor die Beherrschung über meine Eingeweide.

«In die Wanne!» befahl der Chef beim Betreten des Raums.

Zwei Männer hoben mich auf und tauchten mich in den kalten Wassertank. Da meine Hände und Füße gefesselt waren, sank ich auf den Grund. Es kam mir wie eine Ewigkeit vor, bis ich an den Haaren an die Oberfläche gezogen wurde.

«Nun ist sie fleckenlos sauber», bemerkte einer der Männer.

«Hakt sie auf!»

Als ich in der Zelle zu mir kam, war ich mit verbundenen Augen ans Bett gefesselt. Als müßte ich mich davon überzeugen, noch am Leben zu sein, wand ich mich hin und her. Wieder hörte ich das Jaulen von Rulito. Ich war sicher, daß es Rulito war.

XII

Ich erwachte wieder mit starken Kopfschmerzen. Während der Messe realisierte ich, daß die Anzahl der Kirchgänger zurückgegangen war. Diejenigen, die genug Mut aufbrachten, um Gott zu preisen, schauten mich merkwürdig an.

Der Hauptmann und der Polizeikommissär fehlten. Rosa und die Frau mit dem runzligen Gesicht saßen an ihren üblichen Plätzen. In ihrer Nähe saßen mehrere Leute aus der armen Nachbarschaft, die ich noch nie zuvor in der Kirche gesehen hatte.

Die rührende Frauengruppe in den zerschlissenen Kleidern und die unrasierten Männer schufen bei den Damen in den vordern Bänken ein gewisses Unbehagen. Ihr Verhalten inspirierte mich dazu, in einer der nächsten Predigten über «die Gleichheit vor Gott» zu sprechen.

Nach der Messe kam Rosa zu mir, um mich an unsere Verabredung zum Nachtessen zu erinnern. Ich versicherte ihr, daß ich zur verabredeten Stunde vorbeikommen würde. Dann ging ich in mein Zimmer zurück, um am Tagebuch weiterzuarbeiten.

Um die Mittagszeit beugte ich mich meiner Migräne und Juanitas Bitten und legte eine zweistündige Pause ein. Während ich aß, bat mich Juanita inständig, nicht in Rosas Haus zu gehen.

Daß sie mir nachspioniert hatte, ärgerte mich.

«Warum weißt du, daß ich heute zu Rosa gehen will?» wollte ich wissen.

«Die Spatzen pfeifen es von den Dächern, Pater», sagte sie, auf den Boden starrend.

Rosa, nicht älter als fünfundvierzig, war eine attraktive, alleinstehende Frau. Aus dem Wenigen, das mir über sie bekannt war, wußte ich, daß sie seit dem mysteriösen Verschwinden ihres Mannes vor zwei Jahren allein lebte. In einem kleinen Ort wie diesem konnten solche Umstände allerhand Gerüchte in Umlauf bringen. Ich entschloß mich, trotzdem zu gehen.

Kurz nach Sonnenuntergang gelangte ich zu Rosas Haus. Durchs Fenster sah ich Licht. Als ich an die Tür klopfte, bewegten sich auf der andern Straßenseite zwei

Gestalten. Meine Bedenken, daß ich überwacht werden könnte, zerstreuten sich beim Gedanken, daß sich in Kleinstädten wie dieser die Verliebten oft im Schutz der Nacht trafen.

Rosa öffnete die Tür und führte mich in ein winziges Wohnzimmer, wo sie mich aufforderte, es mir gemütlich zu machen, während sie den Tisch deckte. Ich verbrachte mein Warten damit, mir die Fotos anzusehen, die überall an den Wänden hingen. Die meisten zeigten einen Mann, wahrscheinlich ihren Ehemann.

Sie mußte ihn sehr geliebt haben, denn die Fotos erstreckten sich über sein ganzes Leben.

«Das Essen ist bereit, Pater», sagte Rosa auf einmal hinter mir.

«Ich habe mir die Fotos Ihres Mannes angeschaut», sagte ich wie ein auf frischer Tat ertapptes Kind.

«Und meines Sohnes», antwortete sie.

«Ihr Sohn?»

«Sie sahen fast gleich aus, Pater.»

«Ich wußte, daß Ihr Mann gestorben ist. Aber ich wußte nicht, daß Sie einen Sohn hatten.»

Stille trat ein. Rosas Augen füllten sich mit Tränen.

«Sie haben mir beide weggenommen. Sie haben beide umgebracht, Pater.»

Ich fragte nicht danach, wer «sie» waren. Ich wußte es. Ich nahm sie am Arm und half ihr auf einen der beiden verlotterten Schaukelstühle, die in diesem bescheidenen Zimmer das ganze Mobiliar ausmachten.

«Willst du darüber sprechen?»

«Das Essen, Pater.»

Rosa erzählte, daß ihr Mann bei einem Unfall starb, als er das Büro der Gewerkschaft verließ, für die er ar-

beitete. Kurz darauf sei ein Jeep mit drei Männern vor dem Haus vorgefahren. Zwei von ihnen stiegen aus und gaben sich als Vertreter der Armee zu erkennen.

Als sie die Tür aufmachte, wurde sie von ihnen zu Boden geschlagen. Sie gingen geradewegs auf das Schlafzimmer ihres Sohnes zu. Wortlos zerrten sie ihn hinaus, legten ihn in Handschellen, und warfen ihn dann auf den Rücksitz des Jeeps. Während der nächsten zwei Monate besuchte Rosa jedes mögliche Regierungsamt, um etwas in Erfahrung zu bringen. Aber sie wurde nur angelogen. Dann hörte sie nichts mehr, bis ihr ein Offizier durch Pater Ramiro mitteilte, ihr Sohn sei bei einer Auseinandersetzung mit den Sicherheitskräften getötet worden.

Vermutlich beim selben Zwischenfall wurde der jüngere Sohn von Maria Arce getötet, der Frau, die ich zusammen mit Rosa in der Kirche gesehen hatte. Maria hatte die Leiche des Jungen nie gesehen.

«Was unternahm Pater Ramiro in diesen zwei Monaten?» hörte ich mich selbst fragen, ohne daß ich mir über das Motiv der Frage im Klaren gewesen wäre.

«Was hätte er in seinem Alter und mit seiner Arthritis mehr tun können, als uns ein Gespräch mit Bischof Ovando zu vermitteln?»

«Bischof Ovando?» wiederholte ich skeptisch. Ich wartete auf weitere Angaben, aber Rosa schwieg.

«Was hat Bischof Ovando euch beiden gesagt?»

Rosa starrte mich an.

«Bitte legen Sie mir das, was ich ihnen sage, nicht als Mangel an Glauben aus, Pater. Sie sind anders. Ich weiß, daß Sie anders sind, sonst hätten Sie gestern in der Messe nicht vor allen so gesprochen.»

«Was sagte Bischof Ovando?» wiederholte ich sanft.

«Wenn ihr es verstanden hättet, eure Kinder nach den von der Kirche gelehrten Prinzipien zu erziehen, dann hättet ihr sie heute noch an eurer Seite.»

«Das darf nicht wahr sein», unterbrach ich sie.

«Doch, das hat er gesagt, Pater. Genau das hat er gesagt», murmelte sie.

Wir aßen nichts.

Bevor ich ging, mußte ich Rosa versprechen, bald wieder zum Abendessen zu kommen. Ich sagte: «jederzeit», und das machte sie glücklich.

Eine Straße weiter weg von Rosas Haus fing ich zu weinen an. Für den Rest der Nacht schloß ich mich in mein Zimmer ein. Das erste Tageslicht war Zeuge, als ich an den folgenden Eintragungen arbeitete:

XIII

9. Februar

Ich gewahrte die vertraute Länge des Korridors, das Geräusch der Gläser und denselben Geruch. Jetzt begreife ich, wie Blinde ihre übrigen Sinne verfeinern können.

Nachdem sie mir die Mütze abgenommen hatten, sah ich zuerst die Frau mit dem Namen Luisa. Sie war ans Bett gefesselt und hatte einen Gipsverband am linken Bein und eine behelfsmäßige Bandage um den Kopf. Nahe der Wand lag der Mann, der am vorigen Tag im Wassertank gefoltert wurde. Er war nackt, und seine Hände waren an die Füße gefesselt, so daß er eine fötale Lage einnehmen mußte. Ich wurde an ein anderes Bett gebunden. Der Leutnant fragte den Mann über einen Angriff auf eine bestimmte Militärbasis aus. Als der Mann keine Antwort gab, begann der Leutnant verschiedene Namen zu rufen. Der Häftling schwieg. Der Leutnant wurde ungeduldig. Jedes Mal, wenn er einen Namen aussprach, trat er den Gefangenen. Er erreichte nichts als ein Stöhnen und ging.

Kurz darauf kam der Leutnant zurück. In der einen Hand hielt er eine leere Motorenöl-Büchse, in der andern einen Papiersack. Aus dem Sack hörte ich merkwürdiges Quieken und Kratzen.

Der Leutnant war in Begleitung eines Mannes, den ich noch nie gesehen hatte. Er trug einen Schweißbrenner und einen dünnen, etwa achtzehn Zoll langen Metallstab.

Meine Folterer wußten offenbar über den Zweck dieser Gegenstände Bescheid, denn sie begaben sich augenblicklich zum Leutnant und benahmen sich wie Kinder mit neuen Spielsachen. Sie gingen zum Gefangenen und trugen ihn auf das Bett in der Mitte. Mit Tauen und Ketten fesselten sie ihn so stark ans Bett, daß sich sein Rücken durchbog.

«Ich bin sicher, daß du nun sprechen wirst, du Hurensohn», giftete der Leutnant, während er durch den Boden der Büchse ein kleines Loch bohrte. Der andere überreichte ihm den Metallstab und der Leutnant prüfte, ob er in die Öffnung paßte.

Er stülpte dann den Papiersack über das offene Ende der Büchse. Mit Schrecken stellte ich fest, was im Sack war: eine Ratte krabbelte in die Büchse.

Meine Körperhaare sträubten sich; ich bebte. Der Leutnant hielt das offene Ende der Büchse an den Anus des Mannes und befestigte sie mit breiten Selbstklebebändern.

Das Kratzen des Nagetiers schüttelte mich, es quietschte wütend und laut. Das Gesicht des Mannes war von Verzweiflung gezeichnet; rasend wand er sich.

«Sprich, du Hurensohn. Wo ist euer Anführer?»

«Wer zum Teufel plante den Angriff?»

Der Mann stöhnte ein paarmal, aber er sagte kein Wort.

Der Leutnant gab dem Mann, der mit ihm gekommen war, ein Zeichen, und dieser zündete mit einem Streichholz den Schweißbrenner an. Nachdem er die Flamme justiert hatte, erhitzte er langsam den Metallstab, bis die Spitze rot glühte. Er gab sie dem Leutnant, der zum Gefangenen ging und den Stab vorsichtig in den Boden der Büchse einführte.

Die große Hitze ließ die Ratte verrückt werden; ihr Kratzen wurde wilder, und sie suchte verzweifelt nach einem Fluchtweg.

Der Gefangene begann zum erstenmal während der Folter zu schreien. Sein wildes Schütteln verängstigte die Ratte noch mehr.

Luisa kreischte. Ich war außer mir. Die Folterer drehten das Radio auf und beobachteten gebannt die Zuckungen des Mannes.

Der Leutnant erhitzte den Stab dreimal. Luisa wurde ohnmächtig. Der Mann bewegte sich nicht mehr. Mir wurde klar, daß die Ratte im Darm des Mannes erstickt war. Der Schrecken machte mich bewußtlos ...

Als ich erwachte, drehte ich mich instinktiv zum Bett in der Mitte. Der Körper des Mannes lag noch immer dort. In der Spalte zwischen seinem Hintern lag ein Streifen schwärzlichen Blutes. Darumherum Bißwunden der Ratte, deren haarloser Schwanz aus dem Anus hervorschaute.

«Tötet mich!» schrie ich außer mir.

Auf dem andern Bett brach Luisa in das wahnsinnige Gelächter einer Irren aus.

«Bringt diese verdammten Huren raus!» schrie der Leutnant.

Unsere Fesseln wurden gelöst, wir wurden angezogen und unsere Augen wurden verbunden. Als man uns aus dem Raum schleifte, lachte Luisa noch immer wie eine Verrückte.

«Einen Moment!« bellte der Leutnant. Leise sagte er zu einem der Wärter:

«Bringt die Verrückte ins Paradies, die andere an denselben Ort.»

Damit wußte ich, daß Luisa im selben Gebäudekomplex untergebracht war. Ich schloß daraus, daß mit «Paradies» der Himmel gemeint war und daß Luisa zum Tode verurteilt war.

Wir gingen hinaus und ich hörte, wie Luisa in einen andern Wagen gebracht wurde, der davonraste. Ich wurde wild geschlagen und in ein anderes Fahrzeug geworfen.

Als wir ankamen, brachten sie mich nicht in die Zelle, sondern rissen mir die Kleider ab und banden mich an den Pfosten im Zentrum des Hofs.

Einer zerrte so stark an meinen Haaren, daß mir die Tränen in die Augen schossen.

«Nun wirst du sterben, du dreckige Irre», schrie er wütend.

10. bis 12. Februar

Die ersten Stunden am Pfosten waren mehr oder weniger auszuhalten, bis die Sonne aufging. Während des ersten Tages gaben sie mir nichts zu essen. Alles, was ich zu trinken bekam, war der Schweiß, der über mein Gesicht zu meinen Lippen hinunter lief. Das gleiche galt für den nächsten Tag.

Schon jetzt hatte ich am ganzen Körper Blasen, und mir war bewußt, daß meine Schmerzen nur ein Vorgeschmack auf das waren, was noch kommen würde. Wenn ich meinen Verstand nicht verlieren wollte, mußte ich nach einem Weg suchen, um meinen Hunger zu lindern. Ich begann an einem Stück meiner Mütze herumzukauen, das ich in den Mund ziehen konnte.

Es gelang mir, ein etwa zwei Zoll messendes Stück wegzukauen. Dies linderte nicht nur meinen Hunger, sondern verschaffte mir etwas frische Luft. Selten in meinem Leben hatte ich eine solche Befriedigung erlebt. Ich war so stolz auf meinen Einfall, daß ich neuen Lebensmut faßte. Ich sann darüber nach, wie ich meinen Durst stillen könnte.

Ich hatte die Idee, zu weinen, so daß ich meine Tränen trinken könnte, aber nun war ich zu glücklich zum Weinen. Es scheint, als würden meine Leiden gelindert, wenn ich mich der Absurdheit meiner Umstände ergebe. Ich habe beinahe ein friedliches Gefühl. In der Einsamkeit meiner Zelle kam ich zur Einsicht, daß ich am meisten litt, wenn ich mich weigerte, diese Absurdität zu akzeptieren.

Aber jetzt bin ich glücklich. Ich werde mir keinerlei Depression erlauben. Als ob sich meine merkwürdige Zufriedenheit noch steigern sollte, wurde mein nackter Körper nach Sonnenuntergang von einer kühlen Brise liebkost. Die Laute des Welpen ließen mich meinen Durst vergessen, und ich hörte gespannt zu. Die Geräusche wurden intensiver, und mein Körper wurde von Wärme durchströmt.

«Rulito . . . Rulito», brummelte ich.

Der Hund hörte auf zu wimmern, und ich spürte, wie er meine Beine leckte, so wie es Rulito tat. «Rulito, Rulito», flüsterte ich wieder. Ich konnte meine Tränen nicht mehr zurückhalten und schlürfte jede einzelne von ihnen. Ich wollte ihn sehen, wollte ihn berühren, aber nun lief Rulito weg von mir.

Ich versuchte, durch die Öffnung zu spähen, die ich in meine Mütze gekaut hatte. Ich lehnte den Kopf zurück, und es gelang mir, einen kleinen Teil des Hofes zu sehen. Ich erschauerte. Im Mondlicht sah ich ein unterernährtes Kind, das mich vom Boden aus mit weiten Augen und einem unbeschreiblichen Verlangen nach Liebe anstarrte.

XIV

Im Morgengrauen arbeitete ich noch immer am Tagebuch. Ich fand es lächerlich, in der bis sieben Uhr verbleibenden Stunde zu schlafen. Ich redete mir ein, daß ich nach der Messe ein Nickerchen machen könnte.

Ich verließ mein Zimmer und bereitete mir einen so starken Kaffee zu, wie es nur möglich war. Abgesehen davon, daß ich müde war, fühlte ich mich nicht wohl, und man sah es mir an. Juanita betrachtete mich erschrokken, als sie in die Küche kam.

«Pater, sind Sie krank?»

«Setz dich», antwortete ich, ihre Frage ignorierend. Sie sah aus, als wollte sie weinen.

«Ich möchte nicht, daß Ihnen etwas geschieht», sagte sie schluchzend.

«Warum sollte mir etwas geschehen?»

«Wenn man Sie mit Rosa zusammen sieht, werden sie Sie nicht in Ruhe lassen, Pater.»

«Sie ... wer sind sie?» Ich war überrascht, die gleiche

Frage zu stellen, die Susana dem Hauswart stellte, als die Miliz ihre Wohnung durchsucht hatte.

«Sie wissen ... jene, Pater, ... ich meine ...»

«Ich weiß, ich weiß.» Ich stand auf und ging zur Messe.

Sobald ich fertig war, ging ich zu Dr. Ortiz.

«Ich dachte, Sie seien mein bester Freund in der Stadt», sagte ich zu ihm, freundlich, aber mit einem bitteren Unterton. Er mußte eine solche Bemerkung erwartet haben, denn er verlangte keinerlei Erklärung.

«Ich wünschte, dies würde auch in Zukunft so sein, Pater, aber es gibt Dinge, die man besser vergessen sollte.»

«Könnten Sie diese Dinge vergessen, wenn es anstelle der Söhne von Rosa oder Maria Arce Ihre eigenen gewesen wären?»

Er gab keine Antwort.

«Nun?» bohrte ich weiter. Für einen Moment sah mich Dr. Ortiz beinahe herausfordernd an.

«Pater Ramiro konnte sie vergessen ... sogar der Bischof vergaß sie», antwortete er ruhig.

Ohne ein Wort zu verlieren, drehte ich mich um und ging. Langsam ging ich zur Kirche zurück. Mir war schlecht.

Als ich wieder mein Zimmer betrat, betrachtete ich lange das Gewirr von Zetteln. Ich war ratlos; ich konnte mich nicht hinlegen. Auf einmal kam mir meine Verabredung mit dem Gemeindevorsteher in den Sinn. Ich schaute auf die Uhr und ging unverzüglich an die Arbeit.

Gegen drei Uhr morgens las ich folgendes:

XV

13. Februar

Ich bemerkte den Perversen, als er seinen Begleiter um eine Zigarette bat, aber heute unterließ er seine unzüchtigen Gewohnheiten. Ich habe Angst, das Heulen des Kindes (oder ist es ein Hund?) nicht mehr länger zu ertragen.

In dieser Nacht hörte ich, kurz bevor sie zu mir kamen, wie die Tür der Zelle neben mir geöffnet und ein Körper durch den Korridor geschleift wurde. Es war die Zelle, in der ich zweimal die freundlichen Augen gesehen hatte.

Ich stellte mir vor, wie die Frau ihren Peiniger anlächelte. Bald war ich an der Reihe. Ich wurde zu einem Jeep gebracht und einmal mehr irgendwohin gefahren. Während der Fahrt lag ich auf einem andern Körper. Als wir ankamen, nahmen sie unsere Mützen ab; meine Reisegefährtin war die Frau mit dem lieben Blick und dem ewigen Lächeln. Sofort zogen sie uns aus und fesselten uns an die Betten. Sie begannen, mich auszufragen. Diesmal fragten sie mich nicht nur über Silvia und ihren Freund aus, sondern erwähnten auch andere Namen. Einer der Folterer erwähnte den berüchtigten Fall eines Generals, der vor drei Monaten durch Terroristen ermordet wurde. Alles, was ich darüber wußte, hatte ich aus dem Fernsehen und den Zeitungen. Ich sagte es ihnen, aber es war sinnlos. Sie schlossen die *picana* an meinen Augen, am Zahnfleisch und den Genitalien an.

«Die Wahrheit, wir wollen die Wahrheit hören!» schrie mich einer immerzu an.

Diese «Sitzung» dauerte etwa eine halbe Stunde. Als ihnen klar wurde, daß ich am Rande der Ohnmacht war, ließen sie von mir ab und wandten sich der andern Frau zu.

Mit ihrem gesegneten Lächeln schaute sie ihren Hantierungen zu. Sie beobachtete, wie der Folterer ein Elektrokabel an ihrer Zehe befestigte. Ein Folterer drückte seine Zigarette auf ihren Brustwarzen aus.

Sie bekam Elektroschocks und wurde überall geschlagen, während man sie über die Mütter einiger «Verschwundener» ausfragte, die von Sicherheitskräften auseinandergetrieben wurden und in eine Kirche geflüchtet waren. Ich merkte, daß sie einen fremdländischen Akzent hatte. Der Leutnant trat ein, schaute wortlos zu und ging abrupt wieder weg.

Zwei der Folterer wechselten sich beim Quälen der Frau ab.

Zum ersten Mal hörte die Frau zu lächeln auf. Ihr Leben verwelkte. Ihr Gesicht war jetzt kreideweiß.

Sie stülpten die Mützen über unsere Köpfe und schickten uns zurück. Ich hörte, wie sie zum Wagen geschleppt wurde.

14. Februar

Heute Nachmittag starb die Frau mit dem Lächeln. Durchs Fenster sah ich, wie ihr der Leutnant mit einer Axt die Hände abhackte.

Sie lag mit ausgebreiteten Gliedern in der Nähe des Pfostens am Boden. Ihre Hand- und Fußgelenke waren an vier Pfähle gefesselt. Ihr Körper war mit Blasen bedeckt. Ihr Kopf schwankte hin und her, wie um der sengenden Hitze zu entgehen. Als sie in meine Richtung schaute, sah ich wieder, daß sie lächelte. Ich fiel auf die Knie und betete für sie.

Ich weiß nicht, wie lange ich kniete. Als ich ans Fenster zurückging, war ihr Körper starr. Der Leutnant verstümmelte ihn mit einer Axt, zwei Männer schauten zu. Er hackte ihre Hände ab.

Ich kauerte dicht ans Senkloch und fing auf einen Schlag drei Fliegen, rannte zum Netz der Spinne hinüber und brachte sie als Opfer dar. Ich pendelte zwischen dem Loch und dem Netz hin und her und sprach zu mir selbst, bis zwei Wärter kamen und mich ans Bettgestell fesselten.

Sobald ich wieder zu mir kam, hörte ich mich sagen:

«Wenn sie dies dem grünen Baum antun können, was würden sie nicht alles dem vertrockneten antun?»

«Die ist schon verrückt», sagte einer der Wärter.

«Wenn sie dies dem grünen Baum antun können, was würden sie nicht alles dem verdorrten antun?» wiederholte ich. «Denn wenn sie dies . . .»

XVI

Letzte Nacht hatte ich einen fürchterlichen Alptraum. Es war nicht der vertraute mit den schrecklichen Bildern, dem ewigen Höllenfeuer und den Ungeheuern.

Diesmal sah ich das Gesicht von Jesus, der mich hinter Gitterstäben hervor lieblich anlächelte und mich mit einer Handbewegung zu sich heranwinkte. Aber als ich näher trat, entfernte er sich, bis er in der Tiefe der langen, engen Zelle kaum mehr zu sehen war.

Dies ging so lange, bis ich zu weinen anfing. Darauf kam Jesus sehr langsam näher. In diesem Moment kam es mir vor, als würde ich inmitten einer Aura schweben; mein Körper war entspannt, ein Glücksgefühl überwältigte mich. Im Zeitlupentempo kam Jesus näher und näher.

Als er die Eisenstäbe erreicht hatte, streckte ich beide Hände aus, um ihm eine kleine, aus Kot geformte Figur als Zeichen meines Glaubens darzubringen. Jesus griff danach, und im selben Moment verwandelten sich seine Hände zu erdverschmierten Stümpfen. Schreiend erwachte ich.

Beim Erwachen am nächsten Morgen war ich von Haß gegen Susana erfüllt. Dies war schon früher vorgekommen, aber nicht mit dieser Intensität. Ich hatte Angst, mich von den Werten der Kirche zu entfernen.

Heute Morgen fragte ich mich, ob ich die Arbeit am Tagebuch wohl aufgeben sollte. Einen Moment lang hatte ich den Eindruck, als müßte ich mich zwischen einem Verrat an Susana und dem an meiner Kirche entscheiden.

Ich bin so ratlos. Mein Schicksal scheint aus ewiger Einsamkeit zu bestehen.

Heute sah ich in der Messe zwei neue, grimmige Gesichter, die den Polizeihauptmann flankierten. Rosa, die ich oft besuchte, erzählte mir, die Männer seien erst kürzlich in den Ort gekommen. Man munkelte, sie seien Agenten der Regierung.

Dies war beängstigend. Ich beschloß, ein wenig mehr über die Angelegenheit in Erfahrung zu bringen. Später, in der Nacht, als ich auf dem Platz vor der Kirche herumschlenderte, erspähte ich die zwei Gestalten, die mir zu Rosas Haus gefolgt waren.

Ich ging in mein Zimmer zurück und versuchte mich zu beherrschen, so gut es ging. Ich redete mir ein, daß ich mich vor nichts zu fürchten brauchte.

Ich betete um genug Zeit zur Fertigstellung des Tagebuchs, das mir meinen ganzen Verstand raubte. Ich wollte alle Abschriften in zweifacher Ausführung machen und

Rosa oder Maria Arce, die regelmäßig zu mir kamen, eine Kopie geben. Ich spürte, daß ich diesen Müttern, die ihre Söhne an die repressive Gewalt verloren hatten, trauen konnte.

Ich arbeitete bis spät in die Nacht. Bevor ich einschlief, schrieb ich folgende Eintragungen ab:

XVII

15. Februar

An den Schritten schätzte ich, daß sie zu viert kamen. Sie zogen mich durch den Korridor und hinaus auf den Hof, wo ich an den Pfosten gebunden wurde. Die sanfte, frische Brise deutete darauf hin, daß es früher Morgen war.

Bald brannte die Sonne wie Feuer. Ich hörte die nun schon vertraute Stimme des Leutnants.

«Bringt sie näher», sagte er. Ich hörte ein Stöhnen, und die Schritte mehrerer Leute näherten sich dem Pfosten.

«Kennst du sie?» fragte der Leutnant. Ich vernahm ein gurgelndes Geräusch. «Nehmt ihr die Mütze ab», befahl er.

Blinzelnd versuchte ich mich wieder an die plötzliche Helligkeit zu gewöhnen. Der Leutnant fragte wieder:

«Kennst du sie?»

Vor mir stand Silvia – oder das, was von ihr übriggeblieben war. Sie schaute mich mit einem irren Blick an, und ich war sicher, daß sie mich nicht sehen konnte. Ihr Körper war von brutalen Folterungen gezeichnet, und die Knochen schienen beinahe durch die Haut zu treten. Ihre Augen und Lippen waren von entzündeten Geschwüren bedeckt. Ihre Brustwarzen waren mit Pusteln von brennenden Zigaretten umgeben.

«Wie ists mit dir? Kennst du sie?» fragte mich der Leutnant. Ich fing an, Beschimpfungen auszustoßen und schrie wie verrückt. Der Leutnant schlug mich mehrere Male, um mich zum Schweigen zu bringen. Aber ich hörte nicht auf, unbändig zu schreien.

«Bringt sie weg!» bellte der Leutnant ungeduldig.

Sie banden mich ans Bett und verklebten meinen Mund mit Selbstklebeband. Der Anblick von Silvia hatte sich mir tief eingeprägt, und mein Groll gegen sie verwandelte sich in Mitgefühl.

Am Abend trat der Wärter, der mich üblicherweise losband, seinen Dienst an. Er sah mich immer freundlich an, sprach aber nie. Doch jetzt mußte ich versprechen, nicht mehr zu schreien, wenn er mir den Mundverband entferne.

Sobald er gegangen war, ging ich zum Fenster. Es war Nacht. Silvias an Pfähle gefesselter Körper sah im Mondlicht sehr bleich aus. Zwei Männer bemühten sich, zwei deutsche Schäferhunde an Leinen von ihr fernzuhalten. Aber das reizte die Tiere nur noch mehr.

Ich konnte nicht mehr länger hinsehen. Auf den Zehenspitzen lief ich zum Abflußloch und wieder zurück zum Spinnennetz. Es war keine Fliege mehr da. Ich lief umher, bis ich hörte, wie die Hunde miteinander stritten. Ich befürchtete das Schlimmste und schrie «Hurensöhne... Hurensöhne... Hurensöhne!» Ich hielt mir die Ohren zu, so fest ich konnte.

16. Februar

Heute gaben sie mir zusammen mit der geschmacklosen Nudelbrühe überraschenderweise ein kleines Stück Fleisch zu essen. Der wortkarge Wärter brachte mir einen Apfel.

Das Fleisch konnte ich nicht essen, aber den Apfel aß ich, so langsam ich konnte. Jeder Bissen war mir kostbar.

Mein Magen war solche Schlemmereien nicht mehr gewohnt; ich wurde von heftigen Krämpfen geschüttelt.

Nach geraumer Zeit wurde meine Zellentür geöffnet. Drei Wärter kamen herein. Ich wurde ausgezogen, dann in neue Kleider gesteckt.

«Nun verläßt uns das Skelett also», bemerkte einer. Die andern lachten.

Ich wußte, daß ich um Hüften und Schultern schmaler geworden war. Aber erst nach dieser Bemerkung der Wärter begann ich mich zu fragen, wie lange ich noch leben würde. Von da an schmerzte mein ganzer Körper.

Die Wärter führten mich zu einem Fahrzeug, und ich nahm an, sie würden mich zur Folterkammer zurückbringen. Doch die Fahrgeräusche kamen mir nicht sehr vertraut vor. Ich merkte, daß die Fahrt länger dauerte als üblich und befürchtete, daß mir in dieser Welt nicht mehr viel Zeit beschieden war. Ich war nicht auf den Tod vorbereitet. Ich fing an zu schluchzen. Die Fahrt muß drei oder vier Stunden gedauert haben. Schließlich hörte ich jemand «Halt!» schreien. Wir hielten an, vermutlich bei einem Pförtnerhaus.

Einer der Wärter stieg aus und kam gleich wieder zurück. Bald fuhren wir weiter und stoppten nach etwa fünf Minuten erneut. Zwei Männer brachten mich aus dem Wagen. Ich spürte, daß wir auf dem Land waren; um mich herum war es still, in der Ferne bellte ein Hund.

Ich wurde über einen Kiesweg und durch einen Korridor geführt. Man brachte mich in einen Raum, den ich als eher klein empfand.

Ich wurde an ein Bett gebunden, auf dem eine dünne

Steppdecke lag. Die Wärter gingen. Ich war so erleichtert darüber, daß man mich nicht umgebracht hatte. Ich schlief ein.

XVIII

Die Eintragungen zu den einzelnen Tagen wurden länger, und ich mußte immer mehr Zettel durchschauen, bis ich die zusammengehörenden fand. Ich schrieb dies dem Umstand zu, daß sich Susana an diese Tage besser erinnern konnte, weil sie nicht so weit zurücklagen.

Mein eigener Zustand hat sich verschlechtert. Ich esse zu wenig und fühle mich schwach.

Letzten Donnerstag wurde ich während der Messe ohnmächtig. Offenbar waren der Polizeihauptmann und die beiden Regierungsbeamten die ersten, die helfen wollten. Glücklicherweise kam ich zu mir, bevor sie mich in mein Zimmer tragen konnten.

Dieser Vorfall machte mir klar, daß ich mit meiner Gesundheit und dem Tagebuch vorsichtiger sein mußte.

Heute erhielt ich von Bischof Ovando einen weiteren Brief, in dem er verlangte, daß ich für ein Gespräch in die Stadt komme. Auch Bischof Antonelli schrieb mir. Er erheiterte mich mit der Bemerkung, er sei sicher, daß ich meine guten Gründe haben müsse, Bischof Ovando «ein wenig Sorgen zu bereiten». Ich glaube, daß sich die Befragung nun nicht mehr länger hinausschieben läßt.

Deshalb entschloß ich mich, am nächsten Montag mit dem Bus hinzufahren. Bevor ich weggehe, werde ich alle Tagebuchzettel in den Karton zurücklegen und sie zu Rosa bringen. Es wird eine immense Anstrengung brauchen, sie wieder in der richtigen Reihenfolge zu ordnen, aber ich weiß nicht, was ich sonst tun soll. Letzte Nacht strengte ich mich noch mehr an und beendete die folgenden Eintragungen:

XIX

17. Februar

Jemand öffnete meine Tür und näherte sich meinem Bett.

«Und diese?» fragte eine Stimme.

«Sie brachten sie letzte Nacht.»

«Bringt sie zu den andern», befahl die erste Stimme.

Nachdem sie mir Fesseln und Mütze abgenommen hatten, fand ich mich in einem Raum wieder, der ein wenig kleiner war als der frühere. Die Wände waren mit lindgrüner Farbe gestrichen. Das Fenster war von außen mit einem rechteckigen Stück Karton verschlossen.

Drei Männer standen um mich herum. Derjenige, der die Fesseln abzunehmen befahl, trug einen eleganten Anzug, die andern zwei Arbeitskleider der Armee. Ich wurde ausgezogen und in Handschellen gelegt. Der Mann in Zivilkleidern schaute gleichgültig zu.

Als ob ich wüßte, wovon er sprach, befahl er mir: «Auf den Hof.»

Ich rührte mich nicht von der Stelle. So stießen mich die andern zwei durch die Türe. Wir gingen durch einen engen Korridor. Links und rechts waren Zellen, die der meinen glichen. Am Ende des Korridors war ein Büro mit einem riesigen Glasfenster, durch das man in den Saal sah. Zur Rechten sah ich durch eine halboffene Tür in einen Raum, der wie eine Toilette aussah. Links befand sich ein kleinerer Korridor.

Die Wärter stießen mich in diese Richtung. Wir kamen in einen Hof mit etwa zehn Fuß hohen Mauern, die zuoberst von sechs Reihen Stacheldraht abgeschlossen wurden. Mehrere nackte Frauen und Männer standen dort mit dem Gesicht zur Wand. Etwa fünfzig Fuß hinter ihnen standen vier Soldaten mit Faustfeuerwaffen. Ich wurde zwischen einen großen, unsäglich mageren Mann, der sich kaum auf den Beinen halten konnte, und Luisa gestellt. Es war die Frau, deren Bein durch die Folterung gebrochen wurde, und die während der Ereignisse mit der Ratte neben mir gelegen hatte. Ich war unglaublich glücklich, sie lebend wiederzusehen. Als ich sie das letzte Mal gesehen hatte, glaubte ich, der Leutnant hätte sie zum Tode verurteilt, als er seinen Männern befahl, sie ins «Paradies» zu bringen. Auch ich mußte mich also nun am Ort befinden, den sie das «Paradies» nannten.

Luisa sah mich aus ihren Augenwinkeln an. Ich spürte, daß auch sie glücklich darüber war, mich zu sehen. Rasch richtete sie ihren Blick wieder zur Mauer, um unsere Verbindung nicht zu verraten. Plötzlich eröffneten die Soldaten das Feuer, und die Kugeln zischten an uns vorbei. Der unglaublich dünne Mann fiel blutüberströmt zu Boden.

Mir wurde klar, daß uns die Soldaten erschrecken, aber nicht töten wollten. Aber der alte Mann hatte Gleichgewichtsprobleme. Eine der Kugeln durchbohrte seinen Kopf.

Einen Augenblick später hörte ich, wie die Soldaten dem Mann in Zivilkleidung beteuerten, ihre Kugeln hätten den Mann nicht umgebracht. Mehrere Stiefelpaare schlugen zusammen, und ein anderer Soldat versicherte nachdrücklich: «Ich wars auch nicht, Herr Oberst.»

«Es spielt keine Rolle, nun haben wir einen Terroristen weniger, der uns Sorgen macht», kommentierte der elegant gekleidete Mann.

Wir wurden alle zusammen in unsere Zellen gebracht. Luisa war in der Zelle neben mir.

Sie fesselten mich nicht, auch verbanden sie mir die Augen nicht. Deshalb zog ich die am Boden liegenden Kleider an, sobald sie gegangen waren. Ich ging auf Zehenspitzen ans Fenster und spähte durch ein winziges Loch im Karton. Ich sah denselben Hof, in den sie mich vorhin gebracht hatten. Der Leichnam des mageren Mannes lag noch dort.

20. Februar

Hier ist alles besser. Irgendwie habe ich den Verdacht, daß Silvias Tod damit zu tun hat, und das betrübt mich.

Hier bekam ich regelmäßiger zu essen als im andern Gefängnis. Die Wärter scheinen nicht so unmenschlich und boshaft zu sein. Einer der Wärter erlaubte mir, das Gesicht zu waschen. Ich glaube, er hätte es auch zugelassen, daß ich meinen Körper wusch. Aber er stand dort und schaute mir zu, und ich schämte mich.

Ich fühlte mich besser. Ich klammerte mich an ein wenig Hoffnung.

Durch das Loch im Karton sah ich Luisa mit ihrem ständigen, idiotischen Lächeln. Sie verscheuchte mit den Händen unsichtbare Fliegen oder kratzte sich am Kopf, als ob sie dort eine Läusekolonie beherbergte. Die Wärter betrachten sie als harmlose Verrückte, lassen sie frei mit andern Gefangenen sprechen und ohne Handschellen herumgehen. Dennoch glaube ich, daß Luisa normaler ist als ihre Bewacher. Ich sah sie mit einem dunkelhäutigen

Häftling sprechen, der einen angesengten Schnurrbart trug.

Ich sah auch, wie Luisa mit Alicia sprach. Dies war die schwangere Frau, die der Leutnant vor einer *picana*-Sitzung bewahrt und deren außergewöhnliche Schönheit mich in der Folterkammer in Erstaunen versetzt hatte. Ich würde sogar beschwören, daß ich sah, wie Luisa etwas an Alicia übergab, nachdem sie sicher war, daß kein Wärter sie beobachtete.

Heute ließen sie das Guckloch in meiner Türe offen. Ich sah, daß die Tür zu Luisas Zelle kein Vorhängeschloß hatte. Sie schob einen Besen im Korridor auf und ab und flüsterte dabei Unverständliches vor sich hin.

Ich wurde ganz von Luisas Bewegungen in Anspruch genommen, bis ich fremde Schritte vernahm. Jemand schloß mein Guckloch, und ich trat gerade rechtzeitig zurück, sodaß er mich nicht sehen konnte. Als ich auf meinem Bett saß, wurde das Guckloch kurz geöffnet. Jemand warf ein Papierknäuel herein, das fast bis zu meinen Füßen rollte.

Ich entfaltete es vorsichtig. Auf dem Papier standen die Worte «Tapferkeit und Mut».

Die Welt kam mir so wunderbar vor, daß ich weinen mußte. Hundertmal las ich es immer und immer wieder. Bevor die nächsten Wärter kamen, rollte ich das Papier zu einer kleinen Kugel, kaute es gründlich und verschluckte es.

XX

Die Reise in die Stadt dauerte weit mehr als die üblichen sechs Stunden. Der rachitische Bus hatte Vergaserprobleme und einen Plattfuß. Als ich endlich in der Stadt ankam, war es schon mitten am Nachmittag. Ich eilte zur Kathedrale, um den Besuch bei Bischof Ovando und seine Schelte hinter mich zu bringen und dann mit dem Siebenuhr-Bus zurückzufahren.

Bischof Ovando war ebenso wie ich selbst daran interessiert, die Dinge zu klären, und er ließ mich nicht warten. Es war eine seiner Tugenden, nicht lange um den heißen Brei herumzureden.

«Sie sehen krank aus», sagte er warm und freundlich.

«Ich habe mich nie zuvor so gut gefühlt, Exzellenz», log ich.

Ohne länger bei meiner Gesundheit zu verweilen, sprach er: «Die Dinge kommen nicht voran in Ihrer Pfarrei, wie sie sollten, Pater Antonio.»

«Ich muß gestehen, Exzellenz, daß mich unvorhersehbare Ereignisse gezwungen haben, meine Zeit für die Evangelisation einzuschränken. Aber bald wird sich die Lage wieder normalisiert haben.»

«Und was sind das für ‹unvorhersehbare Ereignisse›, wenn ich fragen darf?» erkundigte er sich in einem Tonfall, der mich nicht ausdrücklich zur Aufrichtigkeit verpflichtete.

Ich kämpfte mit meinen Gedanken und schwankte zwischen der Loyalität gegenüber meinem Vorgesetzten und der Angst vor seiner Reaktion auf die Wahrheit.

«Bei uns sind einige Leute verschwunden», platzte ich heraus.

Er zuckte mit keiner Wimper.

«Und was hat das mit Ihnen zu tun?»

«Nun», antwortete ich, aufgeschreckt durch die Wendung des Gesprächs, «ich hielt es für meine evangelische Pflicht, einen Teil meiner Zeit den Müttern zu widmen, um ihren Schmerz zu lindern.»

«Das ist nicht Ihre Aufgabe.»

«Ich dachte, es sei meine Aufgabe.»

«Die Behörden Ihrer Gemeinde sind nicht gerade entzückt wegen der Nachforschungen über die Söhne dieser Mütter.»

«Ich tue nichts Unrechtes, Exzellenz! Ich versuche nur, diese Familien über den Verlust ihrer Kinder zu trösten.»

«Ich stelle Ihre innere Einstellung nicht in Frage, aber es erscheint mir nicht gerade als intelligent, wenn man nicht versucht, mit den Leuten der Macht die allerbesten Beziehungen zu unterhalten.»

«Manchmal scheint mir, wir seien nur darauf bedacht, uns der Regierung anzupassen. Aber es gab immer Kirchenvertreter, die diese Haltung in Frage gestellt haben.»

«Sind Sie einer von ihnen?»

«Wir können auf unser Schweigen angesichts von Mord und Repression nicht stolz sein.»

«Ich wiederhole: sind Sie einer Meinung mit denen, die denken, daß sich unsere Kirche verraten hat?»

«Vielleicht», sagte ich. «Früher wurden Priester, die Ungerechtigkeit in Frage stellten, nicht als Subversive und Mörder gebrandmarkt.» Ich war zu weit gegangen. Der Bischof erhob sich. Er versuchte, seinen Ärger zu verbergen.

«Denken sie daran, Pater Antonio: es gibt nur eine einzige Wahrheit. Unser Gegner ist die Inkarnation des

Bösen, und diese muß eliminiert werden. Es ist überhaupt unsere heiligste Aufgabe, das Böse zu bekämpfen. Die Prinzipien derer, die atheistische Ideologien säen, sind kompromißlos. Aber unsere Prinzipien sind es auch. Wir dürfen nicht zulassen, von Zweifeln geschwächt zu werden, wenn wir die Kirche stärken wollen. Unsere ungebrochene Überzeugung ist es, die uns zur unangreifbaren Institution werden ließ.

Das soll nicht heißen, daß ich Ihre Gefühle nicht verstehe. Ich weiß sehr wohl, daß sich die Lehren von Jesus nicht mit der zweifelhaften Mission der Streitkräfte vertragen, aber wir müssen zugestehen, daß unser Überleben von den Leuten abhängen könnte, die die meisten von uns verachten.»

Verblüfft über seine deutliche Stellungnahme schaute ich ihn an.

«Es ist nicht leicht, sich aufs eigene Überleben zu konzentrieren, wenn sich vor unseren Augen das dramatische Schicksal einer Mutter abspielt, die durch Mörderhand ein Kind verloren hat», sagte ich.

«Ihre Fürsorge kann den Schmerz dieser Mütter nur steigern.»

Ich kaufte ihm seine Aufrichtigkeit nicht ab.

«Soll ich dies als Verbot auffassen, mich in einem Ausmaß diesen Müttern zu widmen, das sie meiner Meinung nach verdient haben?»

«Nein, Pater, das ist kein Verbot. Aber ich verlange ausdrücklich, daß Sie sowohl den Leuten, die unserer evangelistischen Sache dienen können, wie auch der Kirche selbst mehr Aufmerksamkeit schenken.»

«In diesem Fall wären dies der Gemeindevorsteher, seine zwei Regierungsbeamten und die Damen und Her-

ren, die sich selbst für Christen halten, gleichzeitig aber vor dem grenzenlosen Massaker die Augen verschließen, nur weil ihre eigenen Kinder von den Entführungen, Folterungen und Morden nicht betroffen sind.»

Nun gab sich Bischof Ovando keine Mühe mehr, höflich zu erscheinen. Er hörte auf, das Kruzifix an seiner Halskette zu streicheln und stellte sich vor mich.

«Pater Antonio», sagte er verärgert, «ich anerkenne die Notlage der ‹Verschwundenen› und die Ungeheuerlichkeit der verübten Mordtaten, aber wir haben keine Lösung anzubieten. Ich werde Ihnen mehr Zeit geben, um über ihre Schwierigkeiten nachzudenken. Aber ich befürchte, daß Sie Ihre Gesundheit noch ganz ruinieren werden, wenn Sie nicht rasch eine Lösung finden.»

«Exzellenz, ich sorge mich nicht in erster Linie um meine Gesundheit, ich will vor allem meine Seele beschützen.»

Bischof Ovando ließ sich in seinen Schaukelstuhl fallen. Für eine Weile streichelte er sein Kruzifix und starrte an die Decke. Eine schwere Stille lastete über dem Raum.

«Möchten Sie im Pfarrhaus übernachten?» fragte er plötzlich.

«Mir wäre es lieber, mit dem Siebenuhr-Bus zurückzufahren», sagte ich.

«Viel Glück», antwortete er, indem er mir seinen Ring zum Küssen hinhielt.

Ich eilte zur Tür. Er rief: «Antonio». Ich hielt inne.

«Auch Feiglinge verdienen Vergebung.»

Ich gab keine Antwort, konnte gar keine Antwort geben, auch wenn ich gewollt hätte. Mir war nicht klar, auf wen sich der Bischof bezog.

Während der ganzen Rückreise war mein Gemüt in Flammen. Ich mußte die Arbeit am Tagebuch beschleu-

nigen. Ich war überzeugt, daß dies mein letztes Gespräch mit Bischof Ovando gewesen war.

Der heruntergekommene Bus kam um ein Uhr morgens in unserem Ort an. Ich weckte Rosa und brachte den Karton in mein Zimmer zurück. Um halb fünf an jenem Morgen stellte ich fest, daß ich die Hälfte des Tagebuchs entziffert hatte.

XXI

22. Februar

Ein Wärter brachte mich zur Toilette. Im Korridor begegnete ich Alicia. Ihre Schwangerschaft war so fortgeschritten, daß ich den Eindruck hatte, sie würde jeden Moment gebären. Sie sprach mit dem Wärter, der sie begleitete, und als sie an mir vorüberging, blickte sie mich mit einem freundlichen Lächeln an.

Die darauffolgende Stille war fast unerträglich. Ich begann, über meine Eltern und Nestor nachzudenken. Tiefe Verzweiflung erfaßte mich, und ich begann unbändig zu weinen.

Während mehrerer Tage litt ich unter scheußlichen Kopfschmerzen und Schwindelanfällen. Zweimal verlor ich das Gleichgewicht.

23. Februar

Das Guckloch in meiner Türe wurde wieder kurz geöffnet, ein weiteres Papierknäuel rollte über den Zellenboden. Diesmal war es ein kleines Stück Papierfolie, wie man sie in Zigarettenpackungen findet. «Glaube und Hoffnung» war mit derselben Handschrift wie bei der ersten Notiz darauf geschrieben.

Sofort ging ich auf Zehenspitzen zur Tür und hielt mein Ohr daran. Ich erwartete, Luisas zusammenhangloses Gemurmel oder das Geräusch ihres nachgezogenen Beines zu hören. Ich hörte nichts.

Wie die erste Notiz las ich auch diese immer und immer wieder. Ich zerriß das Papier in kleine Schnipsel, die ich in den Abfluß schob. Ich hörte, wie meine Türe geöffnet wurde. Der Wärter, den ich zusammen mit Alicia gesehen hatte, kam herein.

«Los gehts», sagte er.

Er brachte mich auf den Hof und wies mich an, neben Alicia und einer Frau mit schweren Brandwunden an den Beinen auf den Boden zu sitzen. Es waren noch zwei andere Frauen und drei Männer da.

Luisa schritt über den Hof und schleifte ihr Bein nach, sprach mit sich selbst und verscheuchte unsichtbare Fliegen. Gelegentlich stand sie vor uns hin und machte obszöne Bewegungen.

Die Wärter lachten, Luisa belohnte sie mit einem verrückten Grinsen. Einmal kam sie in die Nähe unserer Gruppe und tanzte eine Mischung aus Flamenco und Rumba, was wegen ihres lahmen Beines grotesk aussah.

Ich wandte mich von diesem bemitleidenswerten Spektakel ab und schaute in Alicias wunderschöne Augen. Sie rutschte ein wenig näher zu mir und berührte meine Hand. Sie schob mir ein Stück Papier zu. «Stecks in deine Vagina», sagte sie. Luisas Vorstellung war eine Art von Abwechslung.

Ich vergewisserte mich, daß kein Wärter zuschaute und tat, wie Alicia gesagt hatte. Nun wartete ich ungeduldig darauf, in die Zelle zurückzukehren. Sobald ich drin war und sie die Tür geschlossen hatten, las ich:

«Ich habe einen Freund unter den Wärtern. Sein Sohn wurde von meinem Mann, der Arzt ist, gerettet. Wir wissen, daß du gebildet bist. Du mußt über dies alles schreiben, damit andere erfahren, was vor sich geht. Wir werden dafür besorgt sein, daß das, was du schreibst, ans Tageslicht kommt. In den nächsten Tagen werden sie deine Bewachung lockern, vielleicht können wir dann sogar miteinander sprechen. Mut und Kraft.»

Ich spürte, daß ich noch am Leben war. Wieder und wieder las ich die Worte. Ich war euphorisch, ermutigt vom bloßen Gedanken daran, unsere Leiden beschreiben zu können.

XXII

Letzte Nacht konnte ich überhaupt nicht schlafen. Als das Tageslicht in meinem Zimmer die ersten Schatten warf, stand ich auf und ging in die Küche, um Kaffee zu kochen. Juanita schlief im Zimmer daneben. Sie kam herüber, sobald sie die ersten Geräusche hörte.

«Soll ich Ihnen Kaffee machen, Pater?» fragte sie und öffnete einen Schrank.

«Geh zurück ins Bett», sagte ich streng.

Juanita erschrak über meinen Ton und ging still aus der Küche. Ich hörte, wie sie in ihrem Zimmer leise schluchzte.

Langsam bereitete ich mich auf die Siebenuhr-Messe vor. Ich versuchte, mich an das Gespräch mit dem Bischof zu erinnern. Es war zwecklos. Meine Erinnerung war bruchstückhaft und verschwommen.

Eines stand für mich fest: Auf der Rückreise hatte ich beschlossen, einige seiner Ratschläge zu befolgen, damit er mich bis zur Fertigstellung des Tagebuchs in Ruhe ließ. Aber jetzt konnte ich mich nicht mehr an die Ratschläge erinnern.

Ich ging schwankend durch den engen Gang, der ein kleines Verwaltungsbüro mit der Kirche verband. Mir wurde schwindlig. Ich stützte mich auf ein wackliges Pult, bis ich wieder zu mir kam. Auf der Kanzel tat ich alles, um meine Schwäche zu verbergen.

Während der Messe sah ich die selben alten Gesichter an ihren üblichen Plätzen. Die prominenten Damen und Herren saßen in der ersten, der von seinen Regierungsagenten flankierte Hauptmann in der zweiten Reihe. Hinter zwei leeren Bankreihen saßen Rosa, Maria Arce und eine ständig wachsende Gruppe von Leuten aus der armen Nachbarschaft. Bis in die Mitte der Predigt ging alles gut, und als ich über die Sünde im allgemeinen sprach, machten der Kommissär und die Regierungsagenten freundliche Gesichter, die Armen in den hinteren Reihen sahen gelangweilt aus.

Einer der Agenten beugte sich zum Hauptmann hinüber und flüsterte ihm etwas zu. Der Hauptmann antwortete mit einem breiten Lachen.

Ich konnte mich nicht länger beherrschen. Ich verglich die durch Terror herrschenden Despoten mit Judas Ischariot.

Ich beschrieb die Folterer als «emotionell Behinderte» und sprach über den Schmerz der Angehörigen von «Verschwundenen». Ich schloß mit der Bitte um ein Gebet für die «Opfer der Repression». Die Leute in den hintern Reihen kamen meinem Wunsch erfreut nach, aber die vorne knieten erst nieder, als sie den Hauptmann und den Polizeikommissär knien sahen.

Als ich die Messe beendete, schienen es alle eilig zu haben, nach Hause zu gehen. Der Hauptmann wollte gerade zur Tür hinaus, als ich ihn zurückrief. Die zwei Agenten eilten zu ihm.

«Gilt die Einladung zum Nachtessen immer noch?» fragte ich keck. Die drei schauten sich überrascht an.

«Wann immer Sie es wünschen», gab der Hauptmann zur Antwort. Er versuchte zu lächeln.

«Morgen um acht?»

«Selbstverständlich!» sagte er.

Er wollte noch etwas sagen, drehte sich aber dann um und ging zur Tür.

«Hauptmann!» rief ich ihn nochmals.

«Ja?»

«Würde es Ihnen große Umstände machen, mich von diesen Herren abholen zu lassen?»

«Gibts dafür einen bestimmten Grund,» fragte er erstaunt.

«Ich habe Angst, ermordet zu werden», antwortete ich lächelnd.

«Ich glaube nicht, daß für Sie eine solche Gefahr besteht», versicherte mir der Hauptmann angewidert.

«Gut, dann komme ich allein.»

Er ging hinaus, und ich begab mich in mein Zimmer, um die sotana *abzulegen. Meine Stimmung hatte sich nicht gebessert. Ich arbeitete bis am späten Vormittag am Tagebuch und bat Juanita, uns ein Mittagessen zu kochen. Dies machte sie sehr glücklich.*

Nach dem Essen schloß ich mich in mein Zimmer ein und schrieb die Ereignisse des 24. und 25. Februar ab.

XXIII

24. Februar

Luisa war die erste, die ich sah. Sie hinkte stark und kratzte sich mit beiden Händen am Kopf. Mit Ausnahme von Alicia, die kurz darauf mit dem vertrauten Wärter kam, waren die gleichen Leute im Hof. Der Wärter schritt nicht ein, als ich Alicia beim Hinsetzen half, weil ihr riesiger Bauch ihr Mühe machte.

Sobald er sah, daß sie bequem am Boden saß, gesellte er sich zu den andern in der Nähe stehenden Wärtern. Alicia wartete, bis Luisa ihre obszöne Vorstellung begann. Dann bemerkte ich, wie sie zuerst die eine Hand aufs Knie legte und diese dann mit der andern Hand bedeckte.

Sie zog eine Kugelschreibermine aus dem Saum ihres Kleides. Sie gab mir die Mine und flüsterte, ich solle sie im Rocksaum verstecken. Langsam schob ich sie zwischen zwei Stiche. Als ich fertig war, seufzte Alicia erleichtert auf. Wir schauten uns flüchtig an.

«Luisa oder ich werden dich mit kleinen Papierfetzen versorgen», flüsterte sie. «Du kannst darauf schreiben. Wenn dann Luisa beim Wischen vorbeikommt und das Guckloch offen ist, wirfst du das zusammengerollte Papier in den Korridor. Wenn Luisa das Guckloch nicht öffnet, dann ist jemand da.»

«Was mache ich, wenn sie nicht vorbeikommt?»

«Dann versteck es und gib es mir, wenn du auf den Hof kommst.»

«Wo?»

«Was wo?»

«Wo soll ichs verstecken?»

Alicia schaute mich belustigt an und lachte. Ich hatte verstanden.

«Wie werden diese Papierchen aus dem Gefängnis geschmuggelt?»

Sie lächelte wieder, gab aber keine Antwort, weil sich ein Wärter näherte. Als er wegging, fragte ich: «Wohin gelangen die Texte?»

Alicia schaute zum Wärter, der sie immer begleitete und zögerte einen Moment.

«Das kann ich dir noch nicht sagen.»

«Ich habe das Recht, es zu wissen.»

«Deine Aufzeichnungen werden alle an einem Ort gesammelt. Die erste, die hier herauskommt, wird das mit ihnen machen, was wir später entscheiden werden», erklärte Alicia, ohne mir eine genauere Antwort zu geben.

In diesem Moment näherte sich der Wärter wieder und blieb bei uns stehen. Wir sprachen nicht mehr weiter.

In der Zelle dachte ich über die Ereignisse auf dem Hof nach. Ich spürte ein nagendes Unbehagen. Alles schien so einfach. War dies eine Falle? In der Nacht ersann ich einige Prüfungen, mit denen ich Alicia am nächsten Tag testen wollte.

25. Februar

Während der ganzen Nacht hörte ich, wie Zellentüren geöffnet und Leute durch den Korridor geschoben wurden. Ich schlief nicht. Durch das winzige Loch in meinem Fenster sah ich, daß es beinahe dämmerte.

Einmal brachten sie mich zur Toilette. Stunden später erhielt ich zu essen. Im Korridor sah ich Luisa, die mit einem Besen eingebildeten Dreck wischte, aber Alicia sah ich nicht.

Heute Nachmittag brachten sie mich wieder in den Hof. Ich sah zwei neue Männer, aber die Frau mit dem zerfleischten Bein war nicht da. Es dauerte eine beträchtliche Zeit, bis Alicia in Begleitung ihres Wärters herauskam, der sie neben mich setzte. Sie fragte mich, ob ich krank sei, weil ich so schlecht aussehe.

«Wenn du die Möglichkeit hast, Nachrichten nach draußen zu senden, warum schreibst du dann nicht deiner Familie?» fragte ich.

Alicia schaute mich an und wurde bleich.

«Sie drohten mir an, mein ungeborenes Kind umzubringen, falls ich dies täte», sagte sie. Tränen liefen über ihre Wangen. Ich war gerührt, versuchte aber, mich nicht so schnell überzeugen zu lassen.

«Aber Luisa oder ich könnten mit unseren Verwandten in Kontakt treten», schlug ich vor.

«Luisa hat niemanden dort draußen, und du... du lebst immer noch! Daß deine Familie nicht weiß, wo du bist, ist die Voraussetzung dafür, daß du bis zur Entlassung am Leben bleibst, falls du überhaupt jemals entlassen wirst.»

Ich sagte, ich würde dies nicht verstehen.

«Wenn sich deine Familie an die Öffentlichkeit wenden und deinen Aufenthaltsort bekanntgeben würde, ließe man dich verschwinden, oder man würde dich ‹versetzen›. Gibt es aber keine Schwierigkeiten, so besteht die Möglichkeit, daß sie dich nach einigen Monaten ins legale System einschleusen und dich mit dem einen oder andern Verbrechen beauftragen.»

«Warum weißt du soviel?»

Alicia sah zum Wärter hinüber und gab keine Antwort.

«Worüber soll ich schreiben?» fragte ich.

«Schreib über alles, was du durchgemacht hast und immer noch erdulden mußt.»

«Ist bereits entschieden, wem die Notizen von der ersten, die hier wegkommt, übergeben werden?»

«An Bischof Antonelli», sagte sie.

«Nein. Ich will, daß sie zu Pater Antonio gebracht werden. Dies ist meine einzige Bedingung.»

Sie schaute mich neugierig an.

«Bist du sicher?»

«Sicher.»

«Und wo ist Pater Antonio?»

«Ich weiß nicht, wir müssen es herausfinden.»

«Durch wen?»

«Bischof Antonelli, vermute ich.»

Alicias Augen wurden groß. Sie wollte etwas sagen, aber die Wärter kamen, um uns in die Zellen zurückzubringen. In der Nacht war ich verwirrt und depressiver denn je.

Ich versuchte mich zu erinnern an ...

XXIV

Die Eintragung für den 25. Februar war unvollständig. Den ganzen Morgen über suchte ich nach dem fehlenden Teil, konnte ihn aber nicht finden. Dies beunruhigte mich. Ich dachte, er würde unerwartet auftauchen. Das Ereignis ging mir nicht aus dem Kopf.

In jener Nacht ging ich zu Dr. Ortiz. Ich benötigte einige Bücher über Psychiatrie, die ich in seiner Bibliothek gesehen hatte. Seine fröhliche Begrüßung machte mich offener. Er führte mich ins Wohnzimmer und fragte nach meiner Gesundheit. Nachdem ich ihm versichert hatte, daß es mir ausgezeichnet gehe, fragte ich unvermittelt:

«Was wissen Sie über post-traumatische Störungen bei Personen, die schlimmen körperlichen und geistigen Mißhandlungen ausgesetzt waren?»

Dr. Ortiz schaute mich an, als ob ich diese Frage meinetwegen gestellt hätte. Seine Reaktion erstaunte mich wenig. Ich wußte von Rosa und Juanita, daß in der Gegend Gerüchte über den «kranken» Priester kursierten.

«Nicht viel», antwortete er, «ich bin kein Psychiater. Ich kenne aber einige Symptome.»

«Zum Beispiel?»

Da er annahm, über mein Problem zu sprechen, versuchte er mich nicht zu beunruhigen: «Nun, der Patient zeigt grundlegende und begleitende Symptome.»

«Erzählen Sie mir zuerst über die grundlegenden», sagte ich. Mein Gesichtsausdruck zeigte ihm, daß ich aufs Schlimmste gefaßt war.

«Weil solche Störungen nur als Reaktion auf schweren körperlichen und emotionalen Streß vorkommen, besteht das Problem darin, daß ihr Auftreten nur im Zusammenhang mit einer bestimmten Spannung betrachtet werden kann.»

Nun wollte der Doktor genaue Gründe für meine Frage.

Mit einem freundlichen Lächeln bat ich ihn: «Versuchen Sie, Ihr analytisch-wissenschaftliches Denken aus dem Spiel zu lassen und verallgemeinern Sie für mich die Sache etwas.»

Der Doktor schaute mich lange an und seufzte. Ihm war klar, daß er die Schlacht verloren hatte.

«Es gibt eine klassische, post-traumatische Gruppe von

Krankheiten, die mit einer großen Vielfalt von Streß-Situationen in Verbindung gebracht wird. Dazu gehören diejenigen von Gefangenen in Konzentrationslagern, von Menschen im Krieg, schweren Unfällen, Vergewaltigungen und Katastrophen, um nur einige zu nennen.»

«Und wie sind die Symptome?»

«Das Syndrom schließt Träume und wiederkehrende Alpträume, Angstzustände und Schlaflosigkeit ein, aber auch Konzentrationsstörungen, Reizbarkeit, Überempfindlichkeit und andere Störungen.»

Ich war mit dem Gehörten zufrieden und stand auf. Dr. Ortiz schien enttäuscht zu sein.

«Konnte ich Ihnen irgendwie helfen?» fragte er.

«Ich denke schon.»

Als wir zur Tür gelangten, faßte er mich am Arm.

«Pater, ich möchte helfen.»

«Es gibt nichts zu helfen», sagte ich.

Als ich in mein Zimmer zurückgekehrt war, versuchte ich, die Arbeit am Tagebuch wieder aufzunehmen. Aber ich konnte mich nicht konzentrieren. Ich lag im Bett und starrte zur Decke. Ich analysierte die aus der Lektüre von Susanas Tagebuch gewonnenen Informationen im Licht meines Gesprächs mit Dr. Ortiz. Um halb acht klopfte Juanita an die Tür, um mich an meine Verabredung mit dem Hauptmann zu erinnern. Widerwillig stand ich auf und schritt langsam zum Haus des Hauptmanns, das nur fünf Häuserblocks weg war.

Ich hatte vor, meinem Unmut über die Zustände im Land gegenüber einem der Verantwortlichen Luft zu machen. Nun aber wurde ich von einer tiefen Gleichgültigkeit erfaßt. Der Hauptmann und seine Frau waren während des Nachtessens sehr höflich. Wir schwatzten über ver-

schiedene harmlose Angelegenheiten. Aber als die Frau des Hauptmanns den Kaffee servierte, kam ich auf das Thema Folter zu sprechen.

«Es gibt keinen Grund, nicht darüber zu sprechen, aber vergessen Sie nicht, daß wir keine Einigung erzielen, wenn wir unsere eigenen Vorurteile nicht beiseite lassen», warnte der Hauptmann.

«Warum wissen Sie, daß ich Vorurteile habe? Wir haben noch nie zusammen über das Thema gesprochen.»

«Haben Sie Ihren eigenen Predigten nie zugehört, Pater?» sagte der Hauptmann lächelnd.

«Ich vermute, Sie haben nie daran gedacht, daß ich mich auf Sie persönlich bezog?» wagte ich ihn zu fragen.

«Ehrlich gesagt, Pater, bei diesem Punkt mache ich mir keine Gedanken. Ich habe gelernt, meine Pflicht ohne Groll zu erfüllen», antwortete er aufrichtig.

«Ist dies der Grund, warum Sie gegen mich keine Vergeltung angeordnet haben?» fragte ich sarkastisch.

«Um die Wahrheit zu sagen: Ich weiß selbst nicht, warum ich es nicht getan habe», sagte er amüsiert. «Vermutlich betrachte ich Sie als ein wohlmeinendes menschliches Wesen, das durch überwältigende, unmenschliche Ereignisse verwirrt ist.»

«Es überrascht mich, daß Sie die Existenz der kollektiven Grausamkeiten zugeben.»

«Das habe ich nicht gesagt!» wandte der Hauptmann ein.

«Indirekt haben Sie es doch zugegeben.»

«Aber ich sagte nicht, daß die Ereignisse nicht gerechtfertigt seien.»

«Sind sie es denn?»

«Sie müssen einsehen, daß man sich manchmal in die

Häßlichkeit der Gewalt flüchten muß, wenn man für Ideale kämpft», sagte er.

«Und dabei wahllos zu töten und Unschuldige zu foltern?» fragte ich und versuchte, meinen Zorn zu unterdrücken.

«Die meisten von ihnen sind nicht so unschuldig, wie Sie meinen. Die inhumane Praxis der Folter ist in jedem Fall gerechtfertigt, wenn es darum geht, Informationen zu erlangen, die der Auslöschung des atheistischen Dogmas dienen. Es mag absurd klingen, aber manchmal müssen wir die häßlichen, grausamen Neigungen der Folterer ausnützen, um unser endgültiges Ziel zu erreichen, das im Schutz unserer moralischen Werte liegt.» Der Hauptmann ließ keine Zweifel daran, daß er sich im Recht fühlte. Er fuhr fort:

«Die Folterer mögen Ihnen unsympathisch sein. Aber sie sind – wenn auch unbewußt – dazu bereit, für eine gute Sache ihre Seele zu opfern.»

«Sie machen es sich aber leicht, wenn Sie die Folterer so herausreden wollen», sagte ich.

«Was sie tun, tun sie zum Wohlergehen ihrer Liebsten: ihrer Frauen und Kinder. Aber sie tun es auch, um die hohe Mission der Kirche zu beschützen, deren Vertreter Sie sind, Pater.»

«Hören Sie auf, mir zu schmeicheln», antwortete ich.

«Seien Sie nicht zu streng, Pater; diejenigen, die Sie in Ihren Predigten als Fanatiker und ‹gefühlsmäßig Behinderte› bezeichnen, sind oft das Rohmaterial, das man zum Aufbau einer großen Nation braucht», sagte er ruhig.

«Sie sind doch ein intelligenter Mann, Herr Hauptmann. Warum vertrauen Sie denn nicht auf die Kraft der Lehren?» fragte ich.

«Wir haben es hier mit dem Bösen zu tun, Pater, und dem kann man nur mit Gewalt beikommen. Wir dürfen uns nicht auf die stotternde Unentschlossenheit eines Haufens nörgelnder Intellektueller verlassen.»

«Aber wenigstens kann man mit Worten nicht töten.»

«Bei allem Respekt, Pater, aber es gibt einige Leute in der Kirche, die die Überzeugungskraft des Worts überschätzen. Worte scheinen im Kampf gegen die Geißel des Atheismus nichts auszurichten. Dort, wo Gewalt unumgänglich ist, führt sie letztendlich zum Erfolg. Terror kann manchmal zum heiligen Terror werden.»

«Wie kann man die Schmerzensschreie einer Frau, die ihrer Würde beraubt und den grausamsten Folterungen ausgesetzt wird, jemals rechtfertigen?» fragte ich wütend.

Ich konnte die Selbstverständlichkeit, mit der der Hauptmann sprach, nicht länger ertragen. Ich fühlte einen starken Schmerz in der Brust. Wenn er auch von den Folterern in der dritten Person sprach, so war ich doch überzeugt, daß der Mann vor mir aus eigener Erfahrung sprach. Es war merkwürdig anzusehen, wie er seine beiden Kinder liebevoll umarmte, als sie für einen Gutenachtkuß auf seine Knie kletterten. Als ich seinen zärtlichen Blick sah, erschrak ich über die Absurdität des Ganzen. Ich hatte kein Interesse mehr, unser unnützes Gespräch fortzusetzen.

Der Hauptmann brachte mich zur Tür und klopfte mir zum Abschied sogar auf die Schultern.

Ich mußte ihm versichern, daß dies nicht unser «letztes Abendmahl» war, und er meinte: «Wir werden Freunde sein, Pater, sehr gute Freunde.»

Ich kam um Viertel nach elf nach Hause und arbeitete bis vier Uhr morgens am Tagebuch, allerdings ohne die sonst übliche Begeisterung.

XXV

26. Februar

Das erste Stück Papier, das Luisa heute Morgen in die Zelle warf, war eine Zigarettenhülle. Das zweite war ein Werbeflugblatt eines bekannten Haushaltsgeschäfts. Auf dem Flugblatt hatte ich mehr Platz zum Schreiben als auf dem Zigarettenpapier, obwohl ich auf letzterem den Raum zwischen dem ‹El Habano›-Signet ausnützte.

Als ich mit Schreiben fertig war, wartete ich geduldig auf Luisas Zeichen und warf das zusammengerollte Papier durch das Guckloch zurück. Als ich am Nachmittag auf den Hof gebracht wurde, sah ich Alicias zufriedenen Blick. Nun wußte ich, daß die erste Botschaft hinausgegangen war. Ich war stolz wie nie zuvor.

2. März

Kurz vor der Abenddämmerung wurde das Guckloch zweimal geöffnet. Eine ganze Anzahl Papierrollen wurden eingeworfen. Es war ein glücklicher Tag.

XXVI

Es war Sonntag. Nach der Messe mußte ich die dritte Tochter des Apothekers taufen.

Als die Zeremonie vorüber war, mußte ich dem Apotheker versprechen, der «kleinen Feier» beizuwohnen, die er am Abend in seinem Haus veranstaltete. Ich fand es unangebracht, die Einladung abzulehnen, so nickte ich zustimmend und ging in mein Zimmer zurück, um am Tagebuch weiterzuarbeiten.

Ich arbeitete bis halb neun Uhr, ging dann zu Rosas Haus und blieb dort bis um elf. Zurück im Pfarrhaus, setzte ich die Arbeit am Tagebuch fort. Als ich auf die Uhr sah, war es schon halb drei Uhr morgens. Ich hatte die Einladung zur Feier völlig vergessen.

Ich ging hinaus und rannte fast die ganze Strecke zum Haus des Apothekers. Als ich ankam, stellte ich fest, daß die Lichter schon gelöscht waren. Tatsächlich brannte in keinem der Häuser entlang meines Rückwegs zur Kirche mehr Licht. Auf der Straße war keine Seele anzutreffen, mit Ausnahme der zwei Schatten, die sich von der Bank beim Denkmal auf der «Plaza» erhoben hatten. Sie waren mir bis zum Haus des Apothekers und wieder zurück gefolgt.

Als ich ins Pfarrhaus trat, wollte ich sie wissen lassen, daß ich mir ihrer Anwesenheit bewußt war. Ich hob meine Hand an den Kopf und salutierte höflich. Die beiden Schatten verschwanden hinter dem Monument auf der Plaza.

XXVII

10. März

Die letzten acht Tage waren emotionell stark belastend. Ich war damit beschäftigt, jedes Detail und alle Vorkommnisse seit meiner Entführung, an die ich mich erinnern kann, aufzuschreiben. Ich gebe mir Mühe, mich an Ereignisse zu erinnern, die ich tief in mein Unterbewußtsein verdrängt hatte.

Am Anfang dachte ich, wir würden Schwierigkeiten haben, genug Papier auftreiben zu können. Aber Luisa gelang es immer, welches zu beschaffen. Wo sie eine solche Vielzahl verschiedener Formate, Strukturen und Farben herbekommen hatte, bleibt mir ein Rätsel.

Heute sagte mir Alicia, wir hätten schon fast eine ganze Kiste voll Notizen draußen. Ich bat sie, Luisa zu sagen, nicht so viel Papier in meine Zelle zu werfen, da ich nicht Schritt halten könne. Alicia strich über ihren riesigen Bauch und bemerkte, daß ich in einigen Tagen vielleicht über eine Geburt hinter Gittern schreiben würde. In den letzten acht Tagen habe ich beobachtet, daß die Wärter im Hof die männlichen Gefangenen ausnahmslos genauer überwachen, obwohl mehr Frauen als Männer anwesend sind. Der von ihren Vorfahren geerbte *machismo* läßt sie vermuten, daß Männer intelligenter und deshalb gefährlicher sind.

Das Schreiben dieser Notizen gibt mir eine besondere Befriedigung.

Ich bin über die Änderung meiner Haltung gegenüber Männern verstört.

Bis zum Tag meiner Entführung wußte ich nichts über ihre Perversität. Ich konnte mich nur an meinem Vater und an Nestor orientieren.

Mein Vater war derjenige, der mich während meines ganzen Lebens moralisch unterstützte. Ich sah in ihm einen unverwundbaren «Superman», dem nichts unmöglich war, der aber gleichzeitig so lieb war, mir die Tränen abzuwischen, wenn ich verzweifelt war.

Durch Nestors Liebe und Hingebung lernte ich nur die männlichen Aspekte der Kraft, des Mitleids und der Zärtlichkeit kennen.

Obwohl er während des Medizinstudiums Schmerz und Elend mitansehen mußte, wurde Nestor dem menschlichen Leiden gegenüber nicht gleichgültig. Oft sah ich in seinen Augen beim Anblick eines unterernährten Kindes eine tiefe Traurigkeit.

Aber haben denn die Männer, die uns foltern, vergewaltigen und sodomisieren, nicht auch Kinder, die zu ihnen aufschauen? Ich habe die zärtlichen Augen eines Wärters gesehen, der über die Gedichte seiner Tochter sprach, während er meine Genitalien betastete. Der Gedanke, mein Vater und Nestor könnten auch so sein, erschreckte mich. Ich frage mich, ob sie nicht doch vielleicht so sind.

11. März

Heute brachten sie uns früh auf den *patio*. Alicia und ich saßen nahe zusammen, wir wechselten ein paar Worte. Wir sahen Luisa, die vor uns auf einem Besen herumritt und uns mit vier steif ausgestreckten Fingern militärisch salutierte. Auf diese Weise teilte sie uns mit, wieviele Notizzettel sie aufgelesen hatte. Um anzudeuten, daß ich fünf Papierkugeln durchs Guckloch geworfen hatte, bedeckte ich mein Gesicht mit der offenen Hand. Luisa ging ein zweites Mal an uns vorüber und wiederholte ihren Salut; ihr Gesicht wurde ungewöhnlich bleich. Ich bedeckte mein Gesicht erneut. Alicia tat dasselbe. Diesmal versteckten wir gleichzeitig unsere Besorgnis. Alicia flüsterte mir zu, daß sie befürchtet habe, es sei etwas schiefgegangen, weil wir so früh auf den *patio* gebracht wurden. Wir erstarrten, als der Oberst und der Leutnant unerwartet mit zwei Männern auftauchten, die wir noch nie gesehen hatten. Sie schritten langsam einher, hielten direkt vor der Gruppe der männlichen Gefangenen inne und schauten jedem von ihnen in die Augen. Sie starrten einem mageren Mann mit einer Brille lang und streng ins Gesicht. Er erduldete ihre Blicke mit einer heroischen Gleichgültigkeit.

Nach einer Weile gingen sie miteinander weg.

12. März

Der fehlende Zettel ist nicht aufgetaucht. Heute beharrte Luisa auf dem *patio* darauf, nur vier Papiere aufgelesen zu haben, indem sie sich verzweifelt mit vier Fingern am Kopf kratzte. Alicia und ich entschieden heute intuitiv, nicht nahe beisammen zu sitzen. Sie ist ebenso erschrocken wie ich. Ich bemerkte, daß der Mann mit der Brille nicht mehr unter den Gefangenen ist.

13. März

Sie stellten uns entlang der Mauer auf, und die zwei den Oberst begleitenden Männer gaben allen ein kleines Papier und einen Bleistift. Dann trat der Oberst vor.

«Schreibt folgendes auf», brüllte er.

Meine Hände begannen zu zittern. Mein ganzer Körper bebte.

«... den letzten Tag, an dem ich F. A. gesehen hatte, und ich versuchte, mir sein stets beruhigendes Lächeln vorzustellen», diktierte er.

Ich dachte, ich würde ohnmächtig!

Mein Gott! Dies war der Schluß der Eintragung vom 25. Februar.

14. März

Den ganzen Tag wartete ich darauf, daß Luisa wenigstens ein Papier in die Zelle warf. Nachmittags begann ich zu verzweifeln. Als sie mich auf den *patio* brachten, war Alicia nicht da. Mein Herz schlug wie wild. Ich versuchte, mich mit dem Gedanken zu beruhigen, daß Alicia üblicherweise nach mir herausgebracht wurde. Meine Sorge wuchs, als die Zeit verging und immer noch keine Alicia auftauchte.

Auch Luisa war nicht da. Mir kam in den Sinn, daß das Vorhängeschloß an ihrer Türe noch immer verriegelt war, als ich an ihrer Zelle vorbeigeführt wurde.

Jetzt, da ich wieder in der Zelle bin, stelle ich fest, daß ihr Guckloch offen ist. Ich saß auf meiner Liege und befürchtete das Schlimmste. Ich versuchte, mich an die Eintragung auf dem vermißten Zettel zu erinnern. Es gelang mir nicht. Ich habe große Angst.

Letzte Nacht hörte ich Geräusche im Korridor. Ich legte mein Ohr an die Tür. Ich konnte mehrere Stimmen und ein Stöhnen hören. Stark schwitzend legte ich mich mit dem Gesicht nach unten aufs Bett und weinte. Etwas später wurde der Schlüssel an meinem Türschloß gedreht. In diesem Moment urinierte ich vor Angst.

Der eintretende Wärter war derjenige, der immer mit Alicia zusammen war. Er spürte meine Angst und sagte, ich solle mich beruhigen. Er sagte mir, daß er nur im Auftrag von Alicia komme. Sie lasse mir mitteilen, daß die Wehen schon eingesetzt hätten und das Kind wahrscheinlich noch diese Nacht geboren werde.

Obwohl ich vorher noch nie mit dem Mann gesprochen hatte, hätte ich ihn umarmen können. Ich brachte es fertig, mich zu beherrschen, saß auf der Bettkante und dankte ihm. Er tätschelte mir den Kopf.

Als er gehen wollte, wagte ich zu fragen, was aus Alicia und dem Kind würde. Er sagte, daß das Kind bei der Mutter bleiben würde, bis diese entschieden habe, wohin sie es geben wolle. Er fügte an, die Kinder würden normalerweise in die Obhut der Großeltern gelangen.

Ich war über den Verlauf der Dinge so erregt, daß ich das vom Wärter offengelassene Guckloch in meiner Tür erst nach einiger Zeit bemerkte. Ich wagte einen flüchtigen Blick und sah Luisas Augen in der Zelle auf der andern Seite des Korridors.

XXVIII

Nun wußte ich, was mit dem fehlenden Stück der Eintragung vom 25. Februar geschehen war. Dieses Rätsel verfolgte mich, seit ich auf die unvollständige Eintragung aufmerksam wurde.

Letzte Nacht hatte ich einen weiteren Alptraum, aber merkwürdigerweise kann ich mich diesmal nicht so genau erinnern. Er zehrte mich körperlich auf. Während der Messe am Morgen hatte ich Angst, mich nicht mehr auf den Beinen halten zu können. Aber die zufriedenen Gesichter des Hauptmanns, des Polizeikommissärs und der Agenten ermutigten mich, über das folgende Thema zu predigen:

«Politische Folter wird von denen geschaffen, die der eigenen Menschlichkeit entsagt haben. Diese dilettantischen Antichristen scheinen sich in ihrem Glaubensbekenntnis auf eine Passage aus der Komödie ‹Die Frösche› *von Aristophanes zu beziehen. ‹Bindet ihn an die Leiter›, schreibt Aristophanes, ‹knüpft ihn auf, geißelt ihn blutig, gebt ihm den Strick, schüttet ihm Essig in die Nase, häutet ihn, schlagt ihm Dachziegel ins Gesicht, tut ihm alles an.›*

Es scheint, daß die letzte Aussage, ‹tut ihm alles an›, den Einfallsreichtum dieser modernen Nachkommen des Tiberius beflügelt, denn sie bewegen sich bereits jenseits des verächtlichen quaestio per tormenta. *Die blutrünstigen Tiberiusse haben herausgefunden, daß die Ausübung solch unmenschlicher Verirrungen ihrer abstoßenden, sadistischen Begierde entgegenkommt.*

Sie foltern im Namen der Justiz, im Namen von Recht und Ordnung, im Namen des Staates. Einige gehen sogar so weit, daß sie vorgeben, im Namen Gottes zu foltern.

In fernen Zeitaltern folterten sie rituell. Die Unwissenheit oder Unschuld, die bei diesen Folterungen im Spiel war, war vielleicht die einzige Rechtfertigung für solche Barbarei. Aber gibt es heute, wo der Mensch bis zum Mond gelangt ist, noch eine Rechtfertigung? Welche anderen Motive als Perversität, Hinterlist, Verrat oder nackter Sadismus können denn heute noch hinter diesen Greueltaten gesehen werden?»

Die Predigt war lang, und der größte Teil war in diesem Ton gehalten. Als die Messe vorbei war, gingen die Leute auf den vorderen Bänken eilends hinaus. Rosa Urquia, Maria Arce und die andern Gläubigen aus der armen Nachbarschaft hingegen standen erst auf, als die andern hinausgegangen waren.

Ich war in so guter Stimmung, daß ich zum Haus des Apothekers ging, um mich wegen der nicht eingehaltenen Einladung zum Tauffest zu entschuldigen. Der Apotheker gab vor, er sei mit der Ausstellung eines Rezepts beschäftigt und schielte dabei die ganze Zeit zu den beiden Regierungsbeamten hinüber. Diese standen auf der andern Straßenseite und taten so, als ob sie die Schaufenster des La-Central-Ladens betrachten würden.

Ich ging zum Pfarrhaus zurück und arbeitete am Tagebuch, bis es Zeit war, die Kopien vom Vortag zu Rosa zu bringen. Ich tat dies nun regelmäßig. Rosa erzählte mir, daß der Hauptmann kurz nach der Messe im Auto Richtung Stadt gefahren sei, und sie sei sicher, daß er noch nicht zurückgekehrt sei. Sie habe die Straße den ganzen Tag über im Auge behalten.

XXIX

15. März

Heute morgen warf Luisa zwei Papierfetzen in die Zelle. Der eine, auf dem ich jetzt schreibe, stammt vom Rand einer Zeitung, auf den andern hatte sie selbst folgende Botschaft geschrieben:

Der Wärter sagte mir, Alicias Kind sei prächtig. Aber sie haben es ihr nicht gegeben, weil es einem kinderlosen Marinehauptmann versprochen war. Der Wärter riet uns, wir sollten Alicia sagen, in letzter Minute seien Komplikationen aufgetreten, und das Kind sei kurz nach der Geburt gestorben. Die Angelegenheit ist schrecklich, aber ich glaube, wir sollten seinen Ratschlag befolgen.

Wir sollten jetzt in erster Linie an Alicia denken, und es ist für sie besser, wenn sie ihr Kind tot glaubt. Sonst gibt es eine Mutter mehr, die ewig nach ihrem verschwundenen Sohn sucht.

Falls du am Wärter Zweifel hast, weil er uns betrügen oder verraten könnte, bedenke folgendes: Der Mann regt sich auf, weil er vermutet, daß auch er mißbraucht wurde, als man ihm befahl, Alicia eine Sonderbehandlung zukommen zu lassen. Er sagte, er sei über die Anweisung erfreut gewesen, hätte sie aber ohnehin so behandelt, weil Alicias Mann seinem Sohn einmal das Leben gerettet hätte. Ziehe bitte auch in Betracht, daß es für ihn nicht leicht war, mir diese Dinge während einer halben Stunde klar zu machen (wie du weißt, muß ich alles von den Lippen ablesen, und ich bin noch nicht so geschickt darin). Wir können ihm vertrauen. Mut ist jetzt wichtiger denn je.

Als ich Luisas Nachricht las, begann mein Herz wild zu pochen. Aber ich wollte nicht weinen.

16. März

Ich will sterben.

Ich befürchte, ich bin ein jämmerlicher Feigling.

Ich wurde zusammen mit ein paar andern auf den *patio* gebracht. Es waren zwei neue Frauen da, die an Armen und Beinen schwarze und blaue Quetschungen und geronnenes Blut hatten.

Der Oberst und der Leutnant waren schon da, als wir herauskamen.

Sie stellten uns wieder entlang der Mauer auf. Der Oberst marschierte für eine Weile vor uns auf und ab, wie bei einer Truppeninspektion; dann stand er abrupt still. Plötzlich zückte er ein Stück Papier, das ich als die Eintragung vom 25. Februar wiedererkannte, und schrie:

«Wer hat das geschrieben?»

Niemand antwortete. Offenbar hatten sie die Handschriften mit den Zetteln verglichen, auf die wir vor drei Tagen schreiben mußten. Nun schritten sie direkt auf den Mann mit der Brille zu, schauten ihm in die Augen, und der Oberst wiederholte:

«Wer hat das geschrieben?»

Der Mann schaute ihn verächtlich an. Der Leutnant

schlug ihm den Peitschengriff übers Gesicht und zerschlug dabei die Brillengläser. Der Mann bedeckte sein Gesicht mit beiden Händen. Ich sah, wie Blut durch seine Finger rann. Der Leutnant fragte erneut:

«Wer hat das geschrieben?»

Der Mann bewegte seine Hände etwas auseinander, gerade genug, um dem Leutnant Blut ins Gesicht zu speien.

Zwei Wärter rannten herbei und schlugen ihn zu Boden. Der Leutnant wischte sich Blut und Spucke aus dem Gesicht und wartete, bis sie ihn in Handschellen gelegt hatten. Der Oberst schlug den Mann mit der Peitsche und trat ihn mit seinen spitzen Stiefeln. Ich hörte das Geräusch brechender Knochen.

Ich war versucht, etwas zu sagen. Ich schwör's. Aber ich tat es nicht.

17. März

Den ganzen Morgen über versuchte ich, an Alicia und ihr Kind zu denken. Aber der Mann mit der Brille verfolgte mich die ganze Zeit. Und ich glaube, daß ich zornig war, weil Alicia und Luisa meine Schuld nicht teilten.

Immer wenn ich sicher war, daß mich niemand sehen konnte, spähte ich durch das winzige Loch am Fenster. Ich sah den Mann mit der Brille. Er war vollkommen nackt mit Pfosten an den Boden gefesselt. Ohne Brille sah er jünger aus. Er hatte am ganzen Körper blaue Flecken und Schnittwunden.

Ich muß mit Alicia und Luisa sprechen. Der Mann wird wegen uns sterben. Ich muß ihnen das begreiflich machen. Sie scheinen sich nicht darum zu kümmern. Haben sie keine Augen im Kopf? Sie scheinen sich nicht darum zu kümmern.

18. März

Alicia wurde hinausgeführt, aber sie setzte sich nicht neben mich.

19. März

Alicia setzte sich neben mich. Ich konzentrierte mich darauf, mir nichts anmerken zu lassen und ihre Hand zu halten. Sie war ausgemergelt, sah aber immer noch schön aus. Sie fing ein Gespräch an, erwähnte aber das Kind nicht. Ich sagte ihr, was mit dem Mann geschehen war. Sie zitterte spürbar. Aber sie schaute mich nur an, als ob sie sagen wollte, sie könne nichts tun.

Ich erklärte ihr, unser Schweigen sei kriminell. Aber anstatt über den Mann zu sprechen, murmelte sie etwas über den Leutnant und spuckte verächtlich auf den Boden. Sie litt unter dem Verlust ihres Kindes, deshalb wollte ich sie nicht weiter unter Druck setzen. Sie wollte über den Leutnant sprechen. Ich erzählte ihr, daß er einer Frau die Hände abgehackt habe. Sie sagte, die Frau sei eine belgische Nonne gewesen. Sie sei entführt worden, weil sie ihr Leben den Müttern der Verschwundenen gewidmet habe.

Sie sagte mir, in der Hauptstadt eines anderen Landes sei ein weiterer General getötet worden, und die Folterer würden sich rächen. Zum ersten Mal getraute ich mich zu fragen, ob sie zu einer der Gruppen gehörte, die gegen die Regierung kämpften. Sie sagte, ihr einzige Sünde habe darin bestanden, einen Arzt zu heiraten, der zwar auch nicht Aktivist sei, dafür aber ein Idealist. Er behandelte die Armen der notgeplagten Umgebung gratis. Als sie mir erzählte, dachte ich an Nestor.

Ich stellte ihr die gleiche Frage in Bezug auf Luisa. Sie

äußerte die Vermutung, daß Luisa tatsächlich einer der militanten Gruppen angehöre, aber sie wisse nicht, welcher. Alicia bestätigte auch, was der Wärter schon gesagt hatte: Luisa würde bald freigelassen, denn sie wird als hoffnungslos verrückt angesehen. Sie konnten sie mit keiner der extremistischen Gruppen in Verbindung bringen.

XXX

Heute durchsetzte ich meine Predigt einmal mehr mit Anspielungen auf die Unterdrückung. Der Hauptmann und einer der Agenten befanden sich nicht unter den Zuhörern. Ebenso der Apotheker.

Etwa um zehn Uhr stattete mir Dr. Ortiz einen Besuch ab. Ich kann nicht behaupten, daß ich darüber unglücklich war. Wir saßen uns an einem abgenutzten Pult in einem winzigen Büro gegenüber und schwatzten eine Weile über den Umstand, daß ich die Sanitätsstation in den letzten Tagen vernachlässigt hatte. Dr. Ortiz beobachtete mich neugierig. Ich gab ihm die Gelegenheit, über meine Gesundheit zu sprechen, indem ich ihn aufforderte, sich genauer über die durch schwere emotionelle Traumata verursachten Störungen zu äußern.

«Ich habe schon gesagt, daß ich helfen möchte», bemerkte er, «aber ich muß genau wissen, worum es geht.»

«Es geht um jemand, der in einem unvorstellbaren Ausmaß gefoltert und gedemütigt wurde», sagte ich.

Seine Augen weiteten sich erstaunt, und er seufzte, als ob er plötzlich eine Wahrheit gefunden hätte. Mir wurde klar, daß er noch immer der Meinung war, ich würde von mir sprechen. Ich ließ ihn in dem Glauben.

«Erzählen Sie mir mehr.»

«Mehr kann ich nicht sagen», antwortete ich verärgert.

«Ich verstehe», sagte er, «das ist eine typische Reaktion.»

Nun war ich der Neugierige.

«Was meinen Sie damit?» fragte ich.

«Das Gehirn hat einen Mechanismus, der die nicht verstandesmäßig verarbeitbaren Erfahrungen abblockt», erklärte er.

«Ich kann mich an alles erinnern», sagte ich. Er schien enttäuscht.

«Grundsätzlich», sagte der Doktor, «muß die erlittene Belastung gravierend genug sein, um sich jenseits dieser als normal bezeichneten menschlichen Erfahrungen zu verlagern.»

«Ist es möglich, sich davon zu erholen?» fragte ich.

«Es kommt darauf an.»

«Worauf?»

«Zum Beispiel, ob eine Gehirnschädigung vorliegt.»

«Durch welche Ursache?»

«Durch wiederholte Elektroschocks, zum Beispiel.» Der Doktor hielt inne und blickte mir in die Augen. «Mit der picana, zum Beispiel.»

«Was sonst noch?»

«Es gibt eine Vielzahl von persönlichen Faktoren, die die Veranlagung eines Individuums zur Entstehung pathologischer Symptome als Reaktion auf ein Trauma bestimmen.»

«Werden Sie etwas konkreter!»

«Das Alter zum Zeitpunkt des traumatischen Erlebnisses, eine bestehende mentale Kondition; vererbte Neigungen und das Vorhandensein sozialer Unterstützung gehören zu diesen Faktoren.»

Ich hörte so aufmerksam zu, daß ich wohl einen etwas geistesabwesenden Eindruck machte.

«Pater, wie konnte jemand wissen, daß Sie . . .»

Ich stand auf und streckte die Hand aus, um ihn zu verabschieden: «Vielen Dank, Dr. Ortiz.»

«Lassen Sie mich helfen, Pater», sagte Dr. Ortiz. Er klang so flehend, daß ich gerührt war.

«Was könnten Sie tun?» fragte ich.

«Nun, fürs erste könnte ich Ihnen etwas zur Appetitanregung verschreiben. Ihr Gewichtsverlust ist abnormal.

Er gab mir keine Zeit, etwas zu sagen und schrieb etwas auf.

«Nehmen Sie eine, bevor sie zu Bett gehen», sagte er.

Als er ging, stellte ich fest, daß er mir ein bekanntes Schlafmittel verschrieben hatte. Am gleichen Nachmittag ging ich zu ihm, um nochmals für seine Hilfe zu danken. Ich wollte ihn auch wissen lassen, daß er mich nicht getäuscht hatte.

Als ich ankam, fand ich seine Gattin weinend im Kreise anderer Frauen. Sie warf sich mir heftig schluchzend in die Arme.

«Sie haben ihn geholt, . . . sie haben ihn fortgebracht», schrie sie.

Während ihr die Frauen auf einen Stuhl halfen, zog mich Rosa beiseite.

«Sie entführten ihren älteren Sohn, der mit zwei andern Studenten zusammen in einer Pension in der Stadt wohnte.»

«Wo ist der Doktor?»

«Er ist in die Stadt gegangen. Er benimmt sich wie ein Wahnsinniger.»

«Wann geschah es?»

«Vor drei Tagen, aber sie haben es erst vor einer Stunde erfahren.»

Ich blieb bis Mitternacht bei Frau Ortiz und Rosa, dann ging ich in mein Zimmer zurück und arbeitete am Tagebuch, bis ich einschlief.

XXXI

20. März

Alicia hatte recht wegen der Repressalien für die Ermordung eines Generals. Während des Tages gab es keine neuen Zwischenfälle, aber wir wurden nicht auf den *patio* gebracht.

Als die Nacht hereinbrach, hörte ich, wie Zellentüren geöffnet wurden, wie Leute stöhnten und durch den Korridor geschleift wurden. Ich stellte mir vor, wie der magere Mann an ein Bett gefesselt oder an einen Haken gehängt wurde. Schlimmer noch: ich stellte ihn mir mit einer am Hintern befestigten Büchse vor. Ich weinte. Ich muß sprechen. Aber ich will leben. Jedesmal, wenn eine Zellentür geöffnet wurde, zitterte ich vor Angst, aber es vergingen Stunden, ohne daß man mich herausholte.

21. März

Kurz vor Tagesanbruch brachten sie mich zum Wagen. Wir machten eine ziemlich lange Reise. Mir kam nichts bekannt vor, außer der Furcht.

Sie zerrten mich aus dem Wagen, und ich mußte auf einem unbefestigten Weg gehen. Ich war mir sicher, an einem unbekannten Ort zu sein. Ich hörte, wie ein kleines Metalltor geöffnet wurde. Ich vermutete, daß es ein

Durchgang durch einen Zaun war. Wir machten ein paar weitere Schritte; ich hörte, wie eine andere Tür geöffnet wurde. Man stieß mich in einen kleinen Raum.

«Bringt sie ins Operationszimmer», hörte ich eine vertraute Stimme sagen.

Sie brachten mich in einen anderen Raum, und dieselbe Stimme gab den Befehl, mir die Mütze abzunehmen. Nun sah ich, daß es der Mann war, den ich in einem eleganten Anzug gesehen hatte. Er hatte den Schießbefehl gegeben, als wir nackt an der Mauer des *patio* standen. Sie redeten ihn als «Oberst» an.

Ich war im geräumigen Wohnzimmer eines alten Herrschaftshauses. Es hatte zwei Metallbetten dort, in der Mitte stand ein riesiger Eimer. Dort, wo einst ein Lüster gehangen haben mußte, hing eine schwere Kette mit einem Haken von der Decke. Das elektrische Kontrollpult stand nahe an einer Wand.

Die Männer, die mich gebracht hatten, gingen weg. Sie ließen den Oberst und zwei Männer zurück, die ich noch nie gesehen hatte. Ich wurde ausgezogen und auf eines der Metallbetten gefesselt. An einer meiner Zehen wurde ein Elektrokabel angeschlossen. Ein Elektrodenpaar wurde an meinen Schläfen befestigt. Alicia hatte mir gesagt, daß diese Foltermethode dem Opfer den Mund öffne und das Schreien verhindere. Dann ging einer der Männer zum Kontrollpult, der andere nahm die *picana*. Der Oberst näherte sich meinem Bett.

«Wirst du mit mir zusammenarbeiten?» fragte er.

Ich antwortete nicht. Der Oberst gab dem Mann mit der *picana* ein Zeichen. Er begann, meine Brustwarzen damit zu berühren. Ich versuchte zu schreien, aber es drang kein Laut nach außen.

«Wirst du mit mir zusammenarbeiten?» wiederholte der Oberst.

Ich sagte nichts. Der Oberst schaute wieder zum Mann mit der *picana* hinüber.

«Ich werde in ein paar Stunden zurück sein», sagte er und ging.

Der Wärter am Kontrollpult ging mit ihm hinaus und kam mit zwei andern zurück. Einen von ihnen erkannte ich als einen von denen, die mich am andern Ort gefoltert hatten. Er hatte mich auch mehrere Male vergewaltigt.

«Das letzte Mal, als ich sie sah, war sie nicht schlecht, aber jetzt ist sie beschissen!» sagte er zu den andern, die schallend lachten.

«Ich ficke sie trotzdem», sagte der mit der *picana.*

«Gut, aber dann schnell, bevor der Oberst zurückkommt», riet ihm der, der mich schon kannte.

«Nein, wir haben nur Spaß gemacht», sagte der mit dem Elektrokabel. «Dieser Knochensack ist zu widerlich.» Alle lachten.

Von da an folterten sie mich, ohne irgendwelche Fragen zu stellen. Als der Oberst zurückkam, wollte er wissen, ob ich etwas gesagt habe.

«Nichts», antwortete der mit der *picana.* Der Oberst näherte sich mir wieder.

«Welcher Gruppe gehört dein Freund Nestor an?»

Mir wurde schwarz vor den Augen.

«Wo ist Antonio, dieser Pfarrer?»

Ich wurde ohnmächtig. Als ich wieder zu mir kam, lag ich auf dem Boden des Wagens. Ich will nicht mehr länger leben! ... Herr, laß es genug sein!

XXXII

... Ich sah, wie die Soldaten die Tür eintraten und wie mein Vater über den Zaun auf dem Hinterhof sprang. Ich lief ihm nach und schrie «Papa, Papa!», und versuchte auch über den Zaun zu gelangen. In diesem Moment hörte ich eine Gewehrsalve, mein Vater stürzte in einen Distelbusch auf der andern Seite des Zauns. Durch die Zaunlatten hindurch sah ich sein blutiges Gesicht. Die Soldaten, die die Tür eingerannt hatten, gesellten sich zu denen, die auf der Hinterseite des Hauses postiert waren. Zusammen feuerten sie auf seinen leblosen Körper.

Dann kam ein Mann in einem eleganten Straßenanzug, der als «mein Oberst» angesprochen wurde, und die Soldaten standen zur Seite.

Der Oberst drehte sich nach mir um und näherte sich dem Zaun. Ich schrie «Mama! ... Mama! ... Mama!»

Ich wachte auf und schrie «Mama ... Mama ...» Juanita pochte an meine Tür und schrie «Pater! ... Pater! Was ist los, Pater?»

XXXIII

22. März

Das einzige, das sich nicht geändert hat, ist die Regelmäßigkeit, mit der Luisa Papierknäuel in meine Zelle wirft. Ich schreibe darauf und werfe sie zurück in den Korridor. Abgesehen davon ist jeder Tag anders als der vorhergehende.

Im *patio* sind Leute, die ich nie zuvor gesehen habe. Unter ihnen ist ein sehr junger Mann. Er könnte ein Erwachsener sein, aber durch das winzige Loch in meinem

Fenster sieht er mit seinem Kraushaar und den großen, dunklen Augen wie ein Kind aus. Er ist sehr gebrechlich und kann kaum aufstehen. Jedesmal, wenn die Wärter an ihm vorübergehen, treten sie ihn. Unschuldig starrt das Mann-Kind alles an, als ob es nicht begreifen würde, was rundherum vor sich geht.

Ich weiß nicht, warum mich der Anblick dieses Kindes an meine Schwachheit erinnerte – nicht die körperliche, sondern die geistige.

Ich verbrachte viel Zeit damit, über die vielen Formen des Todes nachzudenken. Aber was weiß ich schon über den Tod? Wir sprechen nie über den Tod. Es gehört sich nicht. Nur Kinder können offen über den Tod sprechen. Kinder und Folterer. Ich glaube nicht, daß ich je sterben könnte, auch wenn ich als Katholikin über die Belohnungen im Jenseits unterrichtet wurde. Ich will leben!

Ich dachte über die Wiedergeburt nach. Einer der Wärter holte mich und sagte: «Heute abend haben wir nicht viele Kunden im Operationszimmer.» Ich stellte mir vor, ich würde eine Chirurgenschürze tragen und mit einem Skalpell in der Hand die Augen des Leutnants ausstechen. Später bereute ich es, aber in diesem Moment genoß ich das Gefühl der Rache. Dies war das Schlimmste daran. Trotzdem steigt die Freude an diesem süßen Rachegefühl.

23. März

Die ganze Nacht hindurch hörte ich viel Bewegung im Korridor.

Durch mein Fenster sah ich mehr Leute als üblich. Alicia war nicht unter ihnen, aber Luisa brachte die Wärter mehr denn je zum Lachen, weil sie auf ihrem Besen ritt und ihr Bein nachschleifte. Schließlich beschimpfte sie einer der Wärter, weil sie zuviel Unfug mache. Sie heulte wie ein Kojote und begann, mit dem gesunden Bein wie ein kleines Mädchen, dem man die Puppe weggenommen hat, auf den Boden zu stampfen. Den mageren Mann sah ich nicht.

Gegen Mittag warf Luisa eine Nachricht von Alicia und zwei Papierknäuel in die Zelle, auf die ich Teile dieser Eintragung schreibe. Alicia schreibt, daß sie wisse, was mit mir vorgeht; sie hatte meine letzten Eintragungen gelesen. Sie sagt, auch Luisa lese sie.

Spät in der Nacht holten sie mich und brachten mich ins Folterhaus. Als sie die Mütze abnahmen, sah ich, daß zwei zusätzliche Metallbetten hingestellt worden waren. Nur eines von ihnen war besetzt, von einer etwa dreißigjährigen Frau. Ihre Haut zeigte die typische Schlaffheit eines Menschen, der in kurzer Zeit viel Gewicht verloren hat. Außer den zwei an der gegenüberliegenden Wand arbeitenden Männern sah alles wie immer aus.

Die Männer zementierten einige Metallringe in die Löcher, die sie in die Wand gebohrt hatten. Sie sahen wie gewöhnliche Maurer aus. Ab und zu schielten sie zu der ans Bett gefesselten Frau hinüber. Ich schämte mich nicht, als sie mich auszogen und ans Bett fesselten und die beiden Maurer dabei zuschauten.

Es vergingen fast zwei Stunden; man hörte in dieser Zeit nur die Geräusche der Maurer und das Getuschel der Folterer, die am andern Ende des Raums Wein tranken. Dann kam der Oberst. Die Folterer gingen zu ihm, um ihn zu begrüßen. Gemächlich begutachtete er die Arbeit der Maurer. Er sagte, er hätte ihre Frauen und Kinder gesehen und gratuliere ihnen zu ihren großartigen Familien. Dann schickte er sie weg. Die beiden Männer suchten rasch ihr Werkzeug zusammen und gingen.

Der Oberst näherte sich dem Bett der andern Frau und befragte sie über einen Guerilla, der vor sechs Monaten in den Bergen einer Nordprovinz gestorben war. Dann wollte er von mir wissen, ob ich Nestor sehr gern habe. Ich begann zu zittern. Der Oberst lächelte und wollte gerade etwas anderes fragen, als die Tür von zwei Wärtern geöffnet wurde, die einen Gefangenen hereinzerrten. Sie brachten ihn zum leeren Bett. Als sie seine Mütze abnahmen, sah ich, daß es das Mann-Kind war, das ich auf dem *patio* gesehen hatte.

Aus der Nähe konnte ich sehen, daß es wirklich noch ein Kind war. Der Oberst wollte wissen, wer er sei und warum sie ihn hergebracht hätten.

«Er ist Jude», sagte einer der Wärter.

«Ach so», sagte der Oberst.

Als sie das Kind ans Bett fesselten, schaute der Oberst wenig interessiert zu.

Er beobachtete die Sitzung eine Weile und ging. Die Wärter verloren ihr Interesse an uns und fuhren mit dem Kind weiter. Sie stellten keine Fragen, legten aber das Elektrokabel an seinen beschnittenen Penis und sangen dazu: «gottverdammter Jude, beschnittener Schwanz ... beschnittener Schwanz ...» Dann schlugen sie ihn bewußtlos.

Als es ihnen langweilig wurde, brachten sie uns in einem Lieferwagen in die Zellen zurück. Hinten in einer Ecke des Wagens blutete das Kind stark aus Nase und Mund.

Ich kniete in der Dunkelheit meiner Zelle nieder und betete für ihn und den mageren Mann. Auf einmal stieg in mir eine Empörung gegenüber allen religiösen Liturgien und gegen Gott selbst auf. Anstatt zu beten, kroch ich verzweifelt in der Zelle umher, um Papier zu suchen. Ich fand ein Stück einer Zigarettenpackung und einen Fetzen eines Papiertuches, das zu meinem Entsetzen schon beschrieben war.

Ich ging ans Fenster und hielt das Papier ins Mondlicht, das durchs winzige Loch schien, und las:

Es war Luisas Handschrift:

Ich habe die Aufzeichnungen der letzten Tage gelesen. Ich weiß, was du durchmachst. Ich fühle gleich. Ebenso Alicia. Verzweiflung und Schuld betäuben deine Sinne wie eine Droge. Ein schönes Gefühl, wenn man es als Masochist betrachtet. Aber solchen Luxus können wir uns nicht leisten.

Vielleicht hilft dir der Gedanke daran, daß sogar diejenigen, die sich für ein gefährliches Ideal einsetzen, dies in der Überzeugung tun, daß *sie überleben* werden. Weil es einzig ums *Überleben* geht. Weil es in solch geheimen Gefängnissen wie dem hier nur ein Gesetz gibt: versuche zu *überleben.*

Ich verstehe dich. Am einen Tag willst du sterben, am nächsten willst du leben. Das geht allen so. Aber einmal wirst du feststellen, daß der Wille zu leben *immer*, ich wiederhole, *immer* stärker ist.

So viel was die Philosophie betrifft. Laß uns über das wirkliche Leben sprechen. Falls du sprechen solltest, wie lange glaubst du geht es dann, bis *sie* herausgefunden haben, wer darin verwickelt ist? Als Resultat werden vier Menschen sterben.

Du meinst, du hättest das Leben eines Mannes retten

können, wenn du dich als Verfasserin der Aufzeichnungen zu erkennen gegeben hättest. Aber nichts ist weniger wahr als das. Der Mann war bereits verurteilt. Wir sind es alle in einem gewissen Ausmaß. Aber du oder Alicia oder ich selbst, wir haben noch immer eine Chance. Wir sind drei.

Du kannst es Selbstsucht nennen, du kannst ihm jeden Namen geben, aber Heldenhaftes ist nichts daran. Du hast dein Leben nicht gegen seines erkauft, denn hier gehört dir dein Leben gar nicht.

Ich weiß, daß du mich nicht enttäuschen wirst. Du bist eine Überlebende. Du willst leben. So wie Alicia. So wie ich.

Ich las die Notiz zweimal. Stück für Stück begriff ich die von Luisa geschriebenen Worte. Eine Weile starrte ich auf meine Zellentür. Sie hatte eine neue Bedeutung bekommen.

Ich legte mich aufs Bett. Langsam, ganz langsam kaute ich das Papier und schluckte es.

Ich fühlte mich erleichtert.

Mir wurde klar, daß mein Entschluß zum Überleben von einem mächtigen Haß genährt wurde.

Es schien keine Rolle zu spielen.

XXXIV

Als ich die Eintragungen vom zweiundzwanzigsten und dreiundzwanzigsten abschrieb, bekam ich einen Migräne-Anfall. Ich war so erschöpft daß ich in einen unruhigen Schlaf fiel. Der Alptraum kam wieder. Mein Vater wurde erschossen, aber als ich diesmal schreiend in die Küche rannte, traf ich auf Bischof Antonelli. Der Bischof umarmt mich, tröstet mich väterlich und führt mich ans Ufer eines Sees. Er nimmt eine Angelrute hervor, befestigt einen Wurm am Haken. Ich schaue eine Weile zu, wie der Wurm sich windet, bevor er ins Wasser geworfen wird. Fast gleichzeitig wird die Schnur gestrafft und ich beginne, aufgeregt auf den Boden zu stampfen, während ich an der Rute ziehe. Der Fang kämpft so wild, daß ich ihn nicht herausziehen kann. Dann, als ob seine Energie erschöpft wäre, gibt er auf.

Ich ziehe die Schnur ein und sehe einen schwachen Jungen mit Kraushaar und großen, dunklen Augen am Haken. Er schaut mich unschuldig an. Ich wende mich Trost suchend an Bischof Antonelli. Aber er ist nicht mehr Bischof Antonelli, sondern ein Mann, der eine fremde Sprache spricht. Er umarmt mich so lange, bis ich fast ersticke. Mit aller Kraft versuche ich mich zu befreien und renne zum See. Aber der See verschwindet. Er ist zu einer riesigen Ebene voller rachitischer Kinder mit großen, dunklen Augen geworden. Sie schauen mich so unschuldig an, daß ich weinen muß.

Ich wachte in Tränen aufgelöst auf und konnte nicht mehr einschlafen. Es war 5 Uhr morgens. Ich las noch einmal, was ich in jener Nacht abgeschrieben hatte. Immer wieder ging ich Susanas Beschreibung der Maurer und des jüdischen Knaben durch. Die beiden Maurer würden über das, was sie gesehen hatten, schweigen. Vielleicht würden sie es ihren Frauen erzählen, aber niemandem sonst. Sie wußten, daß es besser war, wenn man schwieg. Oder vielleicht sagten sie ihren Frauen nichts davon, daß sie sich in jener Nacht an der Nacktheit einer andern Frau, die gefoltert wurde, geweidet hatten. Sie machten sich keine Gedanken darüber, daß sechzig Prozent der «Verschwundenen» dieses Landes Arbeiter waren wie sie selbst.

Vergib mir, Herr, aber diese Welt ist Scheiße!

XXXV

24. März

Bei der Ankunft im Folterhaus sah ich einen Mann, der an einen Stuhl gefesselt war; ein Folterer zog ihn an den Haaren nach hinten. Zwei gleißende Scheinwerfer blendeten seine Augen. Zwischen den Scheinwerfern stand der Oberst. Er befragte den Mann über dessen *cuadros*. Von Alicia wußte ich, das *cuadros* «Kontakte» bedeutet.

Der Mann schien dem «dritten Grad» schon eine ganze Zeit ausgesetzt gewesen zu sein, denn er schwitzte heftig und die Augen waren blutunterlaufen. Jedesmal, wenn seine Augenlider zufielen, riß ihn der Wärter an den Haaren zurück, damit er wieder ins Licht starrte. Nachdem sie mich fertig ausgezogen und ans Bett gefesselt hatten, konnte ich ihn nicht mehr sehen, aber ich hörte die Fragen über die *cuadros*, die er angeblich habe. Sie befragten ihn auch über einen gewissen Cornejo, den sie gelegentlich als Führer einer subversiven Organisation bezeichneten.

Nachdem etwa eine Stunde vergangen war, sah ich einen vornehmen Mann mit einem umgehängten Stethoskop an meinem Bett vorbeigehen. Kurz danach hörte ich, wie ein Junge herbeigeschleppt wurde. Die Scheinwerfer gingen aus, und der Oberst stand nun an meinem Bett.

«Ich möchte dir helfen», sagte er. «Aber wie soll ich dir helfen, wenn du nicht bereit bist, die wahren Feinde unserer christlichen Nation zu entlarven?»

Ich weiß nicht warum, aber ich fragte ihn, was er wolle.

«Ein Geständnis», sagte er, «ein einziges Geständnis, mit dem du deinem Land einen riesigen Dienst erweisen würdest. Darüberhinaus würdest du deine Freiheit wiedererlangen.»

Ich war sprachlos.

«Denk an deine Eltern. Ist das bißchen Zusammenarbeit, das ich von dir verlange, nicht das Leben deiner Eltern wert? Oder dasjenige deines Freundes Nestor?»

Ich war gelähmt.

«Nein!... Nein!...» schrie ich und begann zu weinen.

Zärtlich wischte mir der Oberst die Tränen weg und tätschelte mir die Stirn, so wie es mein Vater getan hatte, wenn er mich tröstete.

«Du wirst mir doch sagen, welcher Organisation Pater Antonio angehört, nicht wahr?» sagte er.

Mit einem flehenden Blick bat ich ihn, mir zu glauben.

«Keiner. Sicher, er gehört keiner Organisation an.»

Der Oberst gab dem am nächsten stehenden Folterer ein Zeichen. Er näherte sich mit der *picana*.

«Soll ich ihr einen Schlag versetzen?»

«Nein», sagte der Oberst. «Diese verdammte Hure verdient den Tod.»

Sie banden mich vom Bett los und stellten mich mit dem Gesicht vor die am weitesten entfernte Wand.

Zweimal fragte der Oberst, ob ich bereit sei, zu sprechen. Jedesmal knallten Gewehrschüsse. Wenn die Schüsse nahe an meinem Kopf vorbei in die Wand krachten, wurde der Verputz an meine Haut gespickt.

Das letzte, woran ich mich erinnern kann war, daß ich zusammenbrach. Ich öffnete die Augen und befand mich auf dem Boden meiner Zelle. Für eine Weile rührte ich mich nicht. Ich starrte nur an die Decke und dachte an Mutter ... Vater ... Nestor.

XXXVI

Heute morgen besuchte mich Dr. Ortiz. Von Rosa wußte ich, daß er dreimal in die Stadt gefahren war und Himmel und Hölle in Bewegung setzte, um etwas über seinen verschwundenen Sohn zu erfahren. Wir saßen uns am abgenutzten Pult gegenüber; sein Gesicht war bleich und ausgemergelt.

Er erzählte mir, er habe persönlich mit dem Kommandeur der Dritten Armee und mit einem befreundeten Kommissar gesprochen und einen Stapel von Verhaftungsbefehlen durchsucht. Er hatte sogar mit Bischof Ovando gesprochen.

«Ich glaube, daß ich den Bischof falsch eingeschätzt hatte, Pater.»

Ich antwortete nicht. Er sagte weiter, der Bischof sei gegenüber diesen Problemen sehr offen. Aufgrund der Besorgnis, die der Bischof gezeigt habe, glaube er, auf dessen wertvolle Unterstützung zählen zu können.

Ich weiß nicht warum, aber ich mußte ihn fragen, was der Bischof gesagt hatte. Vielleicht erwartete ich, der Doktor würde etwas sagen, das meine beginnende Übelkeit aufhalten würde.

«Der Bischof sagte, die von mir bereits unternommenen Schritte seien richtig gewesen. Er versprach mir, mit dem Kaplan der Dritten Armee zu sprechen. Er riet mir, mit dem Ortsvorsteher gute Beziehungen zu unterhalten. Er scheint den Hauptmann überhaupt als Christen und Soldaten hoch zu achten.»

XXXVII

25. März

Ich kümmerte mich nicht mehr darum, was sie mit mir machen. Als sie meine Eltern und Nestor erwähnten, haben sie den Schild zerschmettert, mit dem ich meine Seele beschützte. Sie zwangen mich dazu, den von meinen Liebsten erduldeten Schrecken ins Auge zu sehen. Ich weiß, daß sie mich heute wieder holen werden. Mir ist's gleich. Meine Eltern leiden. Nestor leidet.

Als sie mich zur Toilette brachten, ging ich an Luisa vorbei. Aber sie war mir gleichgültig. Nachmittags sah ich Alicia mit andern Gefangenen zusammen auf dem *patio.* Sie schien verängstigt und sah dauernd nach dem Ausgang. Sie wartete darauf, daß ich herauskommen würde. Es spielte keine Rolle.

Spät nachts holten sie mich. Ich wartete. Die Fahrt dauerte länger als in der Nacht zuvor, aber wir gingen an den gleichen Ort. Es kam mir länger vor, weil ich begierig darauf war, anzukommen. Ich wollte leiden. Ich mußte leiden.

«Weiter! ... tut mir weh ... ihr Hurensöhne!»

Sie zogen mich aus und banden mich ans Bett, aber die Mütze nahmen sie mir nicht ab. Ich hörte, wie sie einen andern Körper herbrachten und ihn auf das Bett neben mir legten. Ich hörte ihn keuchen. Die Folterer begannen, mich zu bearbeiten. Zuerst folterten sie mich überall von Kopf bis Fuß mit der *picana.* Dann vergewaltigten und sodomisierten sie mich mit einem harten, stumpfen Gegenstand. Schlußendlich schlugen sie mich bis zur Bewußtlosigkeit.

Als ich zu mir kam, hatten sie die Mütze abgenommen.

Als erstes hörte ich das erstickte Schluchzen eines Mannes auf dem Bett neben mir, der mit herzzerreißender Stimme wiederholte: «Susana ... Susana.»

Ich drehte mich nach ihm um.

Es war Nestor.

XXXVIII

Es sind nur noch ein halbes Dutzend Eintragungen zum Abschreiben übriggeblieben. Dennoch verbrachte ich den ganzen Tag damit, zwischen meinem Zimmer und dem Altar hin und her zu gehen. Oft starrte ich auf die verbleibenden Notizen, aber ich brachte den Mut nicht auf, sie abzuschreiben. Während Stunden kniete ich betend vor dem Herrn, aber ich konnte meine Furcht vor den letzten Eintragungen nicht überwinden.

Benommen ging ich zur Apotheke. Ich besuchte Rosa und Dr. Ortiz. Ich wollte die Armen der Umgebung besuchen, aber meine Kopfschmerzen wurden so stark, daß ich umkehren mußte.

Ich ging zu Rosa zurück, um mit ihr und Maria Arce zu essen. Ich bemerkte, daß ich ein paar Tage Ferien machen würde.

Beide sagten, sie würden mich vermissen, aber sie gönnten es mir. Sie sprachen über meinen schlechten Gesundheitszustand, und wie stark ich ihnen geholfen hätte, ihr Unglück zu ertragen.

Etwa um zehn Uhr abends kehrte ich in mein Zimmer zurück. Ich lag auf dem Bett und starrte die noch zu übertragenden Notizen an.

... Vor mir sah ich, wie Soldaten die Tür eintraten und mein Vater über den Zaun auf dem Hinterhof sprang.

Ich lief ihm nach und schrie «Papa, Papa!», und versuchte auch über den Zaun zu gelangen. In diesem Moment hörte ich eine Gewehrsalve, mein Vater fiel in einen Distelbusch auf der andern Seite des Zauns. Durch die Zaunlatten hindurch sah ich sein blutiges Gesicht. Die Soldaten, die die Tür eingerannt hatten, gesellten sich zu denen, die auf der Hinterseite des Hauses postiert waren. Zusammen gaben sie noch ein paar weitere Schüsse auf ihn ab.

Dann kam ein Mann, der eine Peitsche mit einem kurzen Griff trug. Sie nannten ihn «den Leutnant». Die Soldaten traten zur Seite. Ich weinte, und der Leutnant drehte sich nach mir um. Er näherte sich dem Zaun und ich schrie: «Susana ... Susana ... Susana!» bis ich wieder in die Realität zurückkam. Ich wischte mir den Schweiß ab und starrte eine Weile auf die Zettel.

Ich stand auf und begann den endgültigen Abstieg in Susanas Hölle.

XXXIX

26. März

Nestor war schon da. Ebenso Alicia. Der Leutnant tauchte mit vier seiner Männer auf.

Alicia war bereits an eines der Metallbetten gefesselt. Ich wurde ausgezogen und an einem andern festgemacht. Nestor lag in Hand- und Fußfesseln am Boden.

Der Leutnant befahl seinen Leuten hinauszugehen, bis er sie wieder rufen würde. Sobald die vier Männer gegangen waren, stieg er auf Alicia. Hilfesuchend schaute sie mir in die Augen. Ich wandte mich ab. Ich kann nichts tun. Nichts tun. Es ging alles sehr schnell vorüber.

Der Leutnant rief seine Männer wieder herein. Sie

hängten Nestor an den Haken. Der Leutnant befragte mich über Pater Antonio. Ich wußte keine Antwort. Er trat Nestor und stellte ihm diesselbe Frage. Nestor schien unter Drogen zu stehen. Der Leutnant fragte, ob er sich bewußt sei, was sie mit ihm tun würden. Er antwortete stark seufzend mit ja. Sie hoben ihn mit dem Flaschenzug auf und tauchten ihn kopfvoran in ein riesiges Wasserfaß. Sein Körper begann sich zu winden; der Leutnant gab den Befehl, ihn hochzuziehen. Er wiederholte seine Frage über Pater Antonio.

Sie tauchten ihn wieder unter, zogen ihn heraus und fragten wieder nach Pater Antonio. Nochmals, zwei-, dreimal. Er rührte sich nicht.

«Hurensohn», gellte ich, «du Hurensohn... er versteht, Nestor versteht immer, hörst du, Hurensohn?»

XL

Dies war alles. Ich suchte auf dem Fußboden und unter dem Bett nach weiteren Zetteln, aber ich fand keine mehr. Die Eintragung vom 26. März war die letzte im Tagebuch.

Die nächsten zwei Tage waren für mich furchtbar verwirrend. Umsonst versuchte ich etwas zu finden, das die durch das abrupte Ende des Tagebuchs entstandene Leere hätte ausfüllen können. Ich entschloß mich, Bischof Ovando zu schreiben und ihm einzugestehen, daß er mit der Verschlechterung meiner Gesundheit recht hatte. Ich bat ihn, so rasch wie möglich Ersatz zu schicken, weil ich schwer krank sei. Ich fiel in eine bodenlose Depression.

In der Woche, die bis zum Eintreffen des neuen Prie-

sters verging, vernachlässigte ich meine täglichen Verpflichtungen. Ich machte einzig Besuche bei Rosa und bat sie jedesmal, gut auf das Manuskript aufzupassen. Ich sagte ihr auch, daß es noch nicht fertig sei und daß ich ihr alles, was ich noch schreiben würde, aus der Hauptstadt senden wolle.

Dr. Ortiz löste bei mir einen Konflikt aus. Wenn ich auch für das Verschwinden seines Sohnes tiefes Mitgefühl empfand, so war dies doch nicht mit der Trauer zu vergleichen, die ich mit den andern Eltern verlorener Söhne teilte. Ich verachtete mich selbst wegen meiner zwiespältigen Gefühle gegenüber seinem Verlust. Ich machte bei ihm einen Unterschied, weil er zu denen gehörte, die «in die andere Richtung blickten», bis sie die Geißel selbst heimsuchte.

Ich legte alle Zettel und das Originalmanuskript in den Karton, in dem sie mir übergeben worden waren. Zusammen mit einer kleinen Reisetasche stellte ich sie in eine Ecke des Zimmers.

Als der neue Priester eintraf, verbrachte ich einen ganzen Tag mit ihm. Ich erklärte ihm, was getan wurde und was noch zu tun sei. Ich empfahl ihm, Rosa Urquia, Maria Arce und alle Leute der armen Umgebung aufzusuchen, aber er war nicht geneigt. Er trug die am schönsten gebügelte sotana, die ich je gesehen hatte. So fest ich mir auch Mühe gab, ich konnte mir einfach nicht vorstellen, wie er mit seinen glänzenden Schuhen durch die staubigen Straßen des armen Ortes ging. Ich kam zum Schluß, daß diese kalten, blauen Augen noch nie Schweine, Hunde und Kinder gesehen hatten, die im Dreck um eine verwundete Taube kämpften.

Am nächsten Tag kamen Rosa, Maria Arce, Juanita

und einige andere einfache Leute, um mir alles Gute zu wünschen. Juanita weinte wie Magdalena. Als der heruntergekommene Bus um die Ecke vor der Plaza bog, sah ich, wie die zwei Regierungsbeamten aus dem Schatten des Monuments traten und auf das Haus des Hauptmanns zuschritten.

Als ich in die Stadt kam, ging ich zu Bischof Ovando und dankte ihm für sein Verständnis.

«Pater Antonio», sagte er, «es war nicht ich, sondern Sie, der verstehen mußte, in welchen Umständen wir leben. So sehr ich ihre Methoden auch mißbillige, so muß ich doch wenigstens anerkennen, daß diese Leute etwas unternehmen, um die Ideologien auszurotten, welche die Kirche bedrohen.»

Der Bischof machte einen selbstzufriedenen Eindruck und war gesprächig.

«Sie haben sich in der Stadt nicht viele Freunde gemacht», fuhr er fort. «Und Sie werden sich auch an andern Orten nicht viele Freunde machen, wenn die Leute vor Ihnen weiterhin Angst haben müssen.»

Diesem Bischof war ich wirklich nichts schuldig.

In der Nacht bestieg ich den Zug, der in zwei Tagen in der Hauptstadt eintraf, wo Patriarch Antonelli mich erwartete.

Der Zug war voll von einfachen Leuten, die der stechenden Sonne auf den Baumwollfeldern entflohen, um sich in den industriellen Tumult der Zwirnereien zu stürzen.

Sie schauten mich ängstlich unter den Hutkrempen hervor an. Sie machten sich wohl ihre Gedanken über den bleichgesichtigen Priester, der während zwei Tagen kein Wort von sich gab und einen Karton an die Brust drückte

– auch dann, wenn er einschlief und sein Kopf gegen das Fenster schlug.

XLI

Monsignor Antonelli erschrak über mein geisterhaftes Aussehen.

«Antonio, Sie sehen aus wie ein Phantom.»

Er bestand darauf, daß ich sofort einen Arzt aufsuchte. Ich erklärte ihm, ich würde es nicht tun, bevor er mir zugehört habe.

Wir sprachen etwa zwei Stunden miteinander, weitere drei Stunden brauchte er, um das Manuskript zu lesen – am andern Ende des Büros in einen Schaukelstuhl versunken. Ich saß einfach da.

Zweimal wurde er von seinem Sekretär unterbrochen, beim dritten Mal wies er ihn höflich an, ihn nicht mehr zu stören, bis er sich wieder melde. Als er fertig war, ließ er seine Augen eine ganze Weile auf mir ruhen.

«Laßt uns etwas zu Mittag essen», sagte er.

«Es ist schon drei, Exzellenz», erinnerte ich ihn.

«Dann essen wir halt Mittag- und Abendessen zusammen», antwortete er. Er rief den Sekretär und wies ihn an, alles im Büro vorzubereiten.

«Sie müssen sich erholen. Sie werden eine Zeitlang mit Pater Martin und Pater Ernesto zusammen sein», sagte er mir mit einem freundlichen Blick.

Das war nicht das, was ich hören wollte. Ich wollte von ihm wissen, was er mit dem Manuskript tun würde.

«Alles, mein lieber Antonio», sagte er, «alles, was menschenmöglich ist.»

Er stand auf, legte das Manuskript in eine Nische und

sagte, ich solle im Schaukelstuhl ein wenig schlafen, bis er wiederkomme. Er spürte, daß ich etwas sagen wollte und befahl mir leise, aber bestimmt, das Büro nicht zu verlassen, bis er zurück sei.

Er kam nach zehn Uhr zurück, gab mir ein Paar Hosen und wies mich an, die sotana *und den Kragen des Geistlichen in der nächsten Zeit nicht zu tragen.*

«Laßt uns gehen», sagte er, als ich bereit war.

Wir bestiegen einen alten Wagen, und er fuhr quer durch die Stadt in einen Vorortsbezirk. Wir hielten vor einem Pfarrhaus neben einer Kirche. Dort traf ich Pater Martin und Pater Ernesto. Der Patriarch stellte sie mir als «zwei von uns» vor. Zu ihnen sagte er: «Ich gebe einen meiner Söhne in eure Hände.»

Er wies sie an, mich notfalls zum Essen zu zwingen. Er befahl mir, mich auszuruhen und sagte, er werde mich innerhalb der nächsten Woche besuchen.

Während der ersten drei Tage überschütteten mich die beiden Patres mit ihrer Aufmerksamkeit und Fürsorge, obwohl ich sie drei- oder viermal nachts mit meinen Schreien aufweckte.

Vier Tage, nachdem ich in die Hauptstadt zurückgekehrt war, setzte ich mir die Idee in den Kopf, Susanas Eltern zu besuchen. Da der Patriarch mir jegliche Aufregung verboten hatte, war es nicht leicht, Martin und Ernesto dazu zu bringen, mich gehen zu lassen. Aber angesichts meiner Sturheit willigten sie schließlich ein, wenn ich bis am späten Nachmittag wieder zurückkäme.

Martin erklärte mir den Weg zum Stadtteil, in dem Susanas Eltern wohnten. Ich mußte mit zwei verschiedenen Bussen fahren. Der letzte hielt nur etwa drei Straßen von meinem Ziel entfernt.

Ich befand mich in einem wohlhabenden Quartier mit herrschaftlichen Häusern und ging einer von Bäumen flankierten Straße entlang. Vor einem Haus, das mitten in einem umzäunten Garten lag, hielt ich an. Das Unkraut wucherte, und die Blumen waren seit langem nicht mehr gepflegt worden. Der Ort machte einen verlassenen Eindruck, und ich fragte mich, ob Susanas Eltern weggezogen seien. Neben dem Gartentor, von dem die Farbe abblätterte, fand ich eine Klingel. Nachdem ich einige Male vergeblich geläutet hatte, stieß ich das Tor weit genug auf, um durchgehen zu können und schritt auf die Eingangstür zu. Von der andern Straßenseite beobachteten mich zwei neugierige Nachbarinnen. Ich klopfte zweimal. Plötzlich wurde die Tür ein wenig geöffnet. Ein Kopf mit unordentlichen weißen Haaren tauchte auf. Zuerst realisierte ich nicht, daß die Frau Susanas Mutter war. Sie schaute mich einen Moment lang an.

«Pater Antonio», rief sie schließlich. Sie öffnete die Tür ganz und umarmte mich wie einen Sohn, den sie lange nicht mehr gesehen hatte.

Sie führte mich zu einem Stuhl im Wohnzimmer. Wir saßen nahe beieinander und hielten uns die Hände. Von der vornehmen Dame, die ich einst gekannt habe, war wenig übriggeblieben. Sie war bis zur Unkenntlichkeit abgemagert, und es schien, daß sie seit Wochen in dem zerknitterten Leibchen schlief, das sie trug. Trotzdem fragte sie mich:

«Pater, sind Sie krank?»

«Nein, ich bin vollkommen in Ordnung.»

Wir wußten nicht, was wir uns sagen sollten.

«Und Ihr Mann?»

Sie hob ihre Hände, um das Gesicht zu verbergen und antwortete zwischen den Fingern hindurch:

«Er sitzt an seinem üblichen Platz.»

«Welcher Platz?»

«Er sitzt im Schaukelstuhl und starrt auf den Krug. Er starrt immer den Krug an.»

Ich tröstete sie und wollte weinen. Armes Ding. Sie konnte Susanas Verschwinden nicht verkraften.

«Wir hatten alles versucht, Pater. Wir haben die Verhaftungsbefehle durchgesehen, wir schrieben an alle Menschenrechtsorganisationen, Minister, Bischöfe, sogar an den Präsidenten selbst.»

Sie hielt inne.

«Und Nestor, Pater. Nestor ist auch verschwunden.»

Ich wandte mein Gesicht von ihr ab. Ich sagte nichts. Ich brachte es nicht übers Herz.

«Laßt uns beten.»

Wir knieten neben dem Sofa nieder und beteten. Nach einer Weile half ich ihr aufzustehen und bat sie, mich zu ihrem Mann zu bringen. Wortlos führte sie mich durch die Eingangshalle zur Rückseite des Hauses. Ich konnte mich erinnern, daß der Doktor dort ein kleines Labor hatte. Beim letzten Besuch, als ich die Verlobung von Susana und Nestor segnete, hatte er es mir stolz gezeigt.

Als sie die Tür öffnete, atmete ich den abgestandenen Geruch eines ungelüfteten Zimmers. Die Glaskolben und Reagenzgläser waren von Staub bedeckt, und der Boden war offenbar seit einiger Zeit nicht mehr gewischt worden.

Der Doktor saß in einem Schaukelstuhl und starrte auf einen großen Krug. Als ich zu ihm ging, um ihn zu begrüßen, rührte er sich nicht.

Der Krug, der seine Aufmerksamkeit fesselte, war mit einer dunklen, blutigen Flüssigkeit gefüllt. Was sich darin befand, konnte ich zuerst nicht herausfinden.

«Was ist das?» fragte ich Susanas Mutter.

«Zeigs ihm, zeigs ihm» rief der Vater. Er schreckte aus seiner Apathie auf, bevor die Frau antworten konnte.

«Nein, Eduardo, bitte nicht!« flehte sie.

Ich ging zum Gestell und nahm den Krug, um ihn zu untersuchen.

Meine Verwirrung wurde noch größer, als ich das Geräusch eines metallenen Gegenstandes hörte, der gegen das Glas schlug. Beinahe ließ ich den Krug fallen; ich war drauf und dran, mich zu übergeben.

Im Krug waren zwei an den Gelenken abgetrennte Hände. Zusammen schwammen sie einen makabren Tanz in der blutigen Flüssigkeit. Die eine Hand trug am Mittelfinger einen Ring. Es war Susanas Verlobungsring.

EPILOG

Herrn Omar Rivabella
New York, NY

Sehr geehrter Herr Rivabella

Pater Antonio hat mir viel über Sie erzählt. Er sprach von Ihnen mit einer gewissen Wehmut und bezeichnete Sie als «den Agnostiker mit einem Sinn für Humor, der zu sagen pflegte, er achte mich meiner menschlichen Qualitäten wegen, trotz allem andern».

Aber lassen wir das. Wenn Sie das beiliegende Manuskript gelesen haben, werden Sie wissen, wer ich bin.

Pater Antonio ist zur Zeit in der Hauptstadt im Nationalen Institut für Geistige Gesundheit hospitalisiert. Ich darf ihn dort einmal in der Woche besuchen. Mit großem Bedauern muß ich Ihnen mitteilen, daß Schwester Theresa (eine Nonne, die sich um ihn sorgt) sagt, der Tag sei nahe, an dem der Herr Pater Antonio an Seine Seite rufen wird.

Pater Martin und Pater Ernesto haben mich über die Einzelheiten und Umstände informiert, die seinen Aufenthalt im Institut nötig machten. Seit er von Susanas Eltern zurückgekommen sei, hätte er sie zu allen Nachtstunden aufgeweckt und heftig geschüttelt.

Pater Antonio konnte nicht einschlafen.

Sie schrieben sein Verhalten einem hohen Fieber zu, unter dem er in diesen Tagen litt, und riefen einen Arzt. Der verschrieb ihm nur Aspirin und Ruhe.

Am betreffenden Nachmittag ging das Fieber zurück, und er beruhigte sich. Sie wollten ihm deshalb eine Nachricht, die sie schon zwei Tage zuvor erhalten hatten, nicht länger vorenthalten: Bischof Antonelli war bei einem Autounfall unter dubiosen Umständen ums Leben gekommen.

Die Patres Martin und Ernesto sagten, Pater Antonio sei nach dieser Nachricht in schallendes Gelächter ausgebrochen und habe während mehrerer Stunden unbändig gelacht.

Der Arzt wurde nochmals gerufen. Er ordnete die Einweisung Pater Antonios ins Institut an, wo er jetzt ist.

Ich weiß nicht, ob er sich über meine Besuche freut, denn er schaut alles nur ausdruckslos an.

Manchmal murmelt er Namen oder Worte, die nur ich verstehen kann, denn sie stammen aus dem Manuskript.

Bei meinem letzten Besuch saßen wir im Hof des Instituts auf einer Bank, und sein Verstand schien sich zu klären. Sein Gesicht war von großer Lebendigkeit erfüllt. Er faßte meine Hände, wie damals, als er mich jeweils tröstete, und äußerte einige unverständliche Worte.

Dann zog er ein Stück Papier, das er für diese letzte Zusammenkunft vorbereitet zu haben schien, aus seiner Hemdtasche. Er gab es mir und sagte begeistert: «Für ihn, schick es ihm.» Auf dem Papier standen Ihr Name und Ihre Adresse.

In Liebe,
Rosa Urquia

Frauen aller Länder im Unionsverlag

Sahar Khalifa
Der Feigenkaktus
Nach jahrelangem Aufenthalt in den Ölstaaten kehrt Usama, ein junger Palästinenser, mit einem militärischen Auftrag in seine Heimat zurück. Der Roman spielt in allen Sphären, die das Leben der Palästinenser heute bestimmen.
240 Seiten, UT 3

Sahar Khalifa
Die Sonnenblume
Jerusalem: Die Konfrontation bestimmt den Alltag der Palästinenser. Die Frauen leiden besonders, weil auch die Revolutionäre die Zukunft besingen und der Moral der Vergangenheit nachhängen.
476 Seiten, UT 5

Sahar Khalifa
Memoiren einer unrealistischen Frau
Das Leben ist ihr ein Talisman, der sich erst nach vielen Kämpfen offenbart. – Dieser sehr persönliche Roman hat durch seine Offenheit in der arabischen Welt Aufsehen erregt.
176 Seiten, gebunden

Assia Djebar
Die Schattenkönigin
Isma und Hajila – zwei gegensätzliche Frauen des gleichen Mannes. Ihre Geschichten verknüpfen und lösen sich, ein Geflecht von revoltierender Sinnlichkeit und Auflehnung.
224 Seiten, UT 11

Kamala Markandaya
Nektar in einem Sieb
Dieser Roman gibt voller Anteilnahme Einblick in das Leben der indischen Dörfer.
280 Seiten, UT 9

Internationale Literatur im Unionsverlag

Erzähler aller Länder im Unionsverlag

Juri Rytchëu
Traum im Polarnebel
Durch einen Unfall muß der Kanadier John MacLennan in einer Siedlung der Tschuktschen an der eisigen Nordostküste Sibiriens überwintern. Aber aus einem Winter wird ein ganzes Leben.
376 Seiten, gebunden

Juri Rytchëu
Wenn die Wale fortziehen
Diese poetische Schöpfungslegende der Tschuktschen von der ursprünglichen Gemeinschaft von Mensch und Wal, von der Einheit von Mensch und Natur, ist eine Vorahnung der heutigen Zeit.
176 Seiten, gebunden

Anar
Der sechste Stock eines fünfstöckigen Hauses
Aus Unfähigkeit, eine Frau zu lieben, die sich ihm nicht unterordnen will, heiratet Zaur Firengiz, eine Frau »wie eine verschlossene Rose«, und treibt Tehmine in den Tod.
256 Seiten, UT 20

Elçin
Das weiße Kamel
Vor dem düsteren Hintergrund der Kriegsjahre erlebt der sich an seine Kindheit erinnernde Alekber das Leben und Treiben in einem Altstadtviertel Bakus als verlorenes Paradies.
240 Seiten, UT 23

Mohammed Mrabet
Der große Spiegel
Rachidas Bild im Spiegel liebt die Nacht und die Farben Weiß und Rot, die Farben von Blut und Unschuld. Eine halluzinierende Erzählung aus dem schwerelosen Traumland von Liebe, Wahnsinn, Hexerei und Aberglaube.
88 Seiten, gebunden

Bestellen Sie unseren kostenlosen Verlagsprospekt:
Unionsverlag, Rieterstraße 18, CH-8059 Zürich

Tschingis Aitmatow im Unionsverlag

Tschingis Aitmatow
Dshamilja
Im Vorwort zu dieser Neuausgabe hält Aitmatow Rückschau auf die Geschichte von Dshamilja und Danijar, die »zur schönsten Liebesgeschichte der Welt« wurde. 96 Seiten, gebunden oder als UT 1

Tschingis Aitmatow
Aug in Auge
Aitmatows Erstling, ein Jahr vor »Dshamilja« erschienen. Auf solche Weise war von Armut und Kriegsnot im Hinterland noch nicht geschrieben worden. 112 Seiten, gebunden

Tschingis Aitmatow
Der Richtplatz
Awdji Kallistratow, der ausgestossene Priesterzögling, geht auf die Suche nach den Wurzeln der Kriminalität - eine Reise, die ihm zum Kreuzweg wird. 464 Seiten, UT 13

Tschingis Aitmatow
Du meine Pappel im roten Kopftuch
Iljas, der Lastwagenfahrer, will das verschneite Pamirgebirge bezwingen. Dabei verspielt er die Liebe seines Lebens und verstrickt sich in den Fängen seines Stolzes. 168 Seiten, gebunden oder als UT 6

Tschingis Aitmatow
Abschied von Gülsary
Der Hirte Tanabai und sein Prachtpferd Gülsary haben ein Leben lang alles geteilt: Arbeit und Feste, Siege und Niederlagen, Sehnsucht und Enttäuschung. 216 Seiten, UT 16

Tschingis Aitmatow/Daisaku Ikeda
Begegnung am Fudschijama
Ein Dialog über persönliche Erfahrungen, Erinnerungen, Hoffnungen und Ängste. In Ikeda hat Aitmatow den Partner gefunden, vor dem er Bilanz über Leben und Werk ablegen konnte. 400 Seiten, gebunden